KB059038

언젠가 너에게 7월의 눈을 보여 줄게

이가라시 유사쿠 지음
Yusaku Igarashi

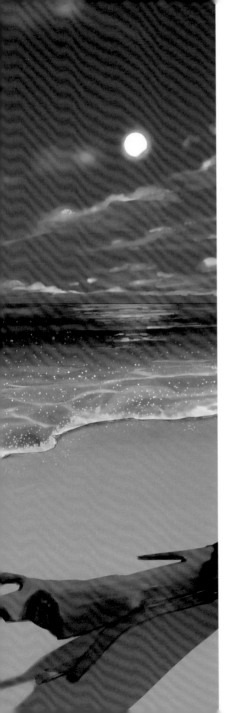

Contents

Illustration : sime

언젠가 너에게
7월의 눈을 보여 줄게

이가라시 유사쿠 지음 | **김윤영** 옮김

❀❀❀❀

그 사람을 죽게 하고 싶지 않았다.

그 사람이 없는 세상 따위, 반쯤 색깔이 없는 흑백의 세계와도 같았다.

그래서…… '소원'을 빌기로 했다.

푸른색에 기도를 담아 '소원'을 풀어 놓았다.

그 사람을, ──×××××를 돕기 위해서.

서로 뒤엉키는 마음을 풀어 주기 위해서.

다 같이 '7월의 눈'을 보기 위해서.

가령 그것을 위해, 무엇을 대가로 바치든.

❀❀❀❀

프롤로그

✳✳✳

쏟아지는 강한 햇살이 주위의 경치를 하얗게 물들이고 있었다. 그때까지 전철 안에서 밖을 내다보던 시야가 갑자기 헐레이션을 일으켜 한순간이나마 가마쿠라역 앞을 여름의 환상처럼 흐리게 한다. 이 거리뿐만 아니라 마치 세계 전체가 백일몽 속에 희미하게 가라앉아 있는 것 같다.

정말 꿈이었으면 좋겠다고 생각했다.

모든 것이 인어가 꾸던 꿈속이고, 눈을 뜨면 모든 것이 없었던 일로 되어 있다면, 하고.

물론 그럴 리 없다는 것은 나 자신이 잘 알고 있었다. 그런 건 지난 1년 사이에 셀 수 없을 만큼 몽상한 일이다.

역 앞은 많은 사람들로 붐볐다. 관광객, 현지인, 가족이나 친구 무리. 모두 즐거운 듯 그 얼굴에는 미소가 떠올라 있다. 그 행복한 광경을 보고 가슴이 답답해졌다.

어째서 돌아온 것일까. 나 자신에게 묻는다. 이 거리에는 추억이 너무 많다. 그것은 지금의 나에게 있어서, 물을 잔뜩 머금은 풀솜과 같다. 자칫하면 눈치채지 못할 정도의 속도이지만, 천천히, 하지만 확실하게 목구멍을 무디게 조여

온다.

그날부터 내몰리듯 도쿄에서 취직하기로 결정하고, 대학 졸업과 함께 도망치듯 떠난 이 거리. 본가에 방치했던 짐을 가지러 오라는 아버지의 전화 같은 건 무시해도 될 이야기다. 이러지 않아도 보내 달라고 부탁하든 적당히 처분해 달라고 하든, 얼마든지 방법은 있었다고 생각한다.

하지만 그럴 수 없었던 것은, 역시 이 거리는 나에게 특별하기 때문이다.

슬프지만 잊을 수는 없다. 정면으로 바라보기는 어렵지만 외면할 수도 없다.

이 거리는 나에게 그런 장소이다. 고등학교 3학년부터 대학 졸업까지 5년을 보낸, 이 가마쿠라라는 거리는.

낯익은 오솔길을 빠져나와 걷는다. 골짜기 지형이 많기 때문에, 가마쿠라는 여름에도 비교적 더위가 심하지 않다. 그렇다고는 해도 이 7월 폭염 속에서는 별 의미가 없었다. 눈앞에 가파른 경사로 뻗어 있는 언덕길을 올려다보면서 이마에서 흘러내리는 땀을 닦는다.

10분 정도 걸려 언덕을 다 오른 곳에 본가가 있었다.

이제는 보기 드문 젖빛 유리 미닫이문을 열고 안으로 들어가니 아버지가 반겨 주었다.

"오랜만이다."

"······응."

1년 만에 만난 아버지는 흰머리가 꽤나 늘어난 것처럼 보였다. 전화로 목소리를 들을 때는 별로 그렇게 느끼지 않았지만, 1년이라는 세월이 짧지 않다는 사실을 실감한다.

"······밥은 잘 먹고 지내냐?"

"괜찮아. 대학생 때부터 자취를 해서 익숙해."

고등학교를 나오자마자 혼자 살았기 때문에 집안일은 대충 할 수 있다. 그렇게 대답하자 아버지는 "그러냐"라며 얼른 화제를 끊었다. 애초에 내 근황에 관심이 있어서 물어본 것이 아니라는 것은 알고 있었다.

"그래서 짐은?"

이곳에 오게 된 내용을 묻자, 아버지는 말없이 2층을 가리켰다.

그곳은 예전에 내 방이었던 곳이다.

계단을 올라 내 방이었던 곳으로 향하니, 그곳에는 각종 조개껍데기와 유리조각 같은 것들이 있었다. 보물찾기로 손에 넣었던 것들 중 일부이다. 나는 그것들을 가져온 수건에 살짝 싸서 가방에 넣었다.

그리고 아버지와 잠깐 이야기를 했다. 거의 내가 일방적으로 말을 걸었을 뿐이지만, 도쿄에서의 근황 등을 이야기했다. 특별히 이야기꽃은 피지 않았지만, 옛날과 비교하면 꽤 평범하게 이야기할 수 있었다고 생각한다. 그만큼 나도 아버지도 나이가 든 것이겠지.

오래 머물 생각은 없었기 때문에, 나는 볼일을 마치고 바로 다시 전화하겠다고 말하며 본가를 나섰다. 아버지도 만류하지 않았다.

가마쿠라는 다양한 것들이 어우러진 거리이다.

북쪽으로 가면 겐지산이나 가마쿠라산 같은 산이 있는 반면, 남쪽으로 조금만 걸으면 유이가하마나 자이모쿠자 등의 모래사장에 다다를 수 있다. 역 앞에는 번화가와 상점가도 있어 붐비는 반면, 중심가를 조금 벗어나면 녹색으로 둘러싸인 조용한 주택가가 있다. 또 사찰이나 사적 등도 많은 것으로 알려져 있으며, 쓰루오카 하치만구나 하세데라, 고쿠라쿠지 등 유명한 것도 존재한다.

그리고 사찰이 많다는 것은 그만큼 묘지의 수도 많다는 것이다.

본가를 나온 내가 향한 곳은 그중 하나였다.

산골짜기를 따라 난 길 끝에 있는 작은 절. 그 한쪽 구석에 있는, 새 꽃이 올려진 묘표.

그곳에…… 그녀와 그녀의 할머니가 잠들어 있었다.

"······왔어."

여기 이렇게 오는 건 처음이었다.

지난 1년간, 와야 한다는 생각을 하면서도 한 번도 발걸음을 옮기지 못했다.

이유는 간단하다

그녀의 이름이 새겨진 묘비를 마주하기가 두려웠기 때문이다.

마주하고 나면, 그녀가 더 이상 이 세상에 없다는 것을 인정해 버릴 것만 같았다. 혼자만 남게 되었다는 사실이 현실이 되어 나를 덮칠 것 같았다. 나 때문에, 목숨을 잃고 만 그녀가.

주머니에 숨겨 두었던 편지지를 오른손으로 집었다. 거기에는 그녀의 글씨로 '혹시 나에게 무슨 일이 있어도······ 도오루는, 살아 줘'라고 쓰여져 있었다. 이것 때문에 그녀가 있는 곳으로 갈 수도 없다.

바다에서 불어오는 강한 바람이 근처에 있던 나뭇가지를 흔들었다.

바람을 타고 새 우는 소리가 들려온다.

새하얀 햇살에 비쳐 우두커니 떠오른 묘표는, 어딘가 백일몽 같아 현실감이 없다. 그런 나를 야유하듯, 발밑으로 검은 고양이가 지나갔다.

아무것도 아니다.

나는 아직도 도망치고 있을 뿐이다. 그녀가 죽어 버렸다는 현실에서.

주머니에 있던 핸드폰이 갑자기 진동해서, 나는 정신이 들었다.

받아 보니 니시나가 건 전화였다.

"여어, 이쪽으로 돌아왔다고 들었어."

"……음."

"이게 몇 년 만이야? 너는 정말 전화나 문자를 해도 거의 대답을 안 하니까. 모처럼이니 술이나 한잔 하러 갈까? 그 가게, 아직 현역인 것 같아."

"미안한데……."

수화기 너머로 한숨소리가 들렸다.

"……네 기분은 이해하지만, 이쯤에서 딱 잘라 결론 낼 때 아냐? 빌렸던 방도 그대로라고 들었어. 집세도 만만치 않잖아. 이 정도면──"

"……."

그 이상은 참지 못하고, 나는 말없이 통화를 끊었다.

니시나가 하고 싶어 하는 말은 머리로는 알고 있다. 이제는 그만 앞을 바라봐야 한다는 것도, 나를 챙겨 주고 있다는 것도.

하지만…… 마음이 그것을 따라 주지 않는 것이다.

여름은 불가사의한 계절인 것 같다. 강한 햇살과 다양한 생물의 생명 약동을 느끼게 해주는 계절이면서, 동시에 우란 분회나 괴담처럼 죽음을 느끼게 하는 것으로도 가득 찬 계절이기도 하니까.

주위의 나무들에서는 매미가 시끄러울 정도로 큰 소리를 내고 있었다. 저녁매미일까. 그 넘쳐흐르는 생명을 주장하는 듯 요란하게 울고 있다. 하지만 7일 후면 예외 없이 그들은 죽고 말 것이다.

태양은 상당히 서쪽으로 기울어 주위를 주황색으로 물들이고 있었다. 그런 황혼에 둘러싸인 풍경 속에서 내가 향한 곳은 가마쿠라 해변공원 근처의 유이가하마 해안이었다. 밤이 되면 야광충이 빛나고, 마치 바다 전체가 파랗게 빛나는 것처럼 보이는 곳. 우리는 그곳을 '인어의 해변'이라고 부르며, 둘이서 자주 찾아오고는 했다.

모래사장에는 까칠까칠한 바닷바람이 불고 있었다.

언제부터 그곳에 있었는지 알 수 없는 부서진 보트도, 물가에 밀려온 큰 유목도, 파도와 함께 몰려오는 조개껍데기나 유리조각도 모두 1년 전과 다르지 않다. 변해 버린 것은 나와 그 주위뿐이다. 저물어 가는 태양을 눈에 담으며, 그렇게 생각했다.

이윽고 해는 완전히 지고, 모래사장에는 밤의 장막이 내렸다.

주위의 밝기와 반비례하듯, 바닷속에서는 푸른빛이 마치 반딧불처럼 조금씩 켜졌다.

파도 위에서 파랗게 빛나는 야광충의 빛. 그 환상적인 바다 위로 무수히 많은 별들과 은하수가 그 빛을 겨루듯 도도하게 흐르고 있다.

그녀는 저 파란색을 소원이라고 말했다. 많은 사람들의 소원이 모여 빛나고 있는 거라고. 그녀에게는 그런 꿈을 꾸기 쉽다고 할까, 공상을 좋아하는 구석이 있었다. 저것은 단지 플랑크톤의 모임이라고 내가 말하자, 그녀는 쓴웃음을 지으며 볼을 부풀렸다. "벌써 꿈이 없네, 도오루는"이라며.

그건 정말 소원이었을까.

알 수 없지만, 내게는 그 푸른빛이 마치 사람의 영혼처럼 보였다. 피안에 가지 못하고 이 세상에 머물러 있는 수많은 영혼들. 그렇다면 그녀도 저 안에 있는 것일까. 그렇지 않으면 벌써 여기가 아닌, 다른 어딘가로 가버린 것일까.

"이 장소에는 말이야, 신기한 이야기가 있어."

문득 그녀가 했던 말이 머리에 떠올랐다.

"옛날, 아주 옛날에, 바다가 푸른빛에 휩싸인 밤에, 이 자리에서 인어가 어부의 그물에 걸렸대. 그런데 마음 착한 어부는 그 인어를 바다로 돌려보내 줬대. 도움을 받은 인어는 어부에게 감사를 전하고, 소원 하나를 이루어 줬대. 그 이후로 이곳에서는 바다가 파랗게 빛나는 밤에 진심으로 소원을 빌면 그 소원이 이루어진다는 이야기가 있어."

그런 건 거짓말이라고 생각했다.

그냥 써먹기 좋은, 아이들에게나 들려 줄 동화라고.

정말 소원을 이루어 준다면, 내가 원하는 건 단 하나뿐이다. 하지만 그건 이루어질 수 없는 '소원'이다.

다시 그녀의 말이 떠오른다.

"세상에 있을 수 없는 일이 어디 있어. 마치 '7월의 눈'처럼."

그건 그녀의 입버릇이었다.

7월에 눈 같은 건 올 리가 없어. 내가 그렇게 말하면, 으레 그녀는 못된 학생들을 가르치는 교사처럼 검지를 세웠다.

"있어. 7월에 내리는 눈은, 있어."

그러면서 이렇게 말했다.

──언젠가 너에게 '7월의 눈'을 보여 줄게.

✽

깜깜했다.

시야가 마치 먹물로 도배된 것처럼 검고, 아무것도 보이지 않는다.

그저 목소리가 들렸다.

그건 이 세상에서 가장 소중하고, 둘도 없는 존재의 목소리.

"……지 마……제발……오루……! ……눈을……봐……!"

주위에서는 휘발유와 땅이 타는 역겨운 냄새가 풍겨 온다.

무슨 일이 일어났는지, 더 이상 생각할 수 없었다.

머리가 몽롱하고, 의식이 어둠에 침식되어 간다.

그래도 딱 한 가지, 확실한 게 있었다.

아, 그렇군.

나는 이제부터…… 죽는 건가.

✽

제1화 인어의 꿈

❄

1

그녀와 처음 만난 건 7월의 모래사장이었다.

푹푹 찌는 무더운 여름날 모래사장.

방과 후, 나는 아무것도 하지 않고 유이가하마를 걷고 있었다.

주위에는 낚시를 하는 사람, 수영을 하는 사람, 서핑을 하는 사람 등이 있었다. 하지만 그 어느 것에도 별로 흥미를 느끼지 못하고, 나는 그저 만연히 주위를 돌아다닐 뿐이었다.

무슨 목적이 있어서 여기 온 게 아니었다. 그냥 할 일이 없어서, 갈 데가 없어서 들른 것뿐. 단순히, 집에 가기 싫어서 시간을 때우고 있었다.

파도가 치는 곳을 어슬렁어슬렁 산책했다. 발밑 모래가 파도에 씻겨 신기한 무늬를 만들어 내고 있었다. 사라져 가는 내 발자국 위를 이름도 모르는 게가 지나갔다.

도쿄에서 아버지의 본가가 있는 여기 가마쿠라로 이사 온 지 2주일이 지났지만, 나는 아직도 이 거리에서의 생활에 익숙해지지 못했다.

생활 형태가 많이 바뀐 건 아니었다. 가마쿠라는 가나가와 현의 남동부에 있고, 도쿄에서 전철로 1시간 정도밖에 떨어져 있지 않다. 근처에 편의점도 있고, 역 앞까지 가면 카페와 큰 서점도 있다. 스마트폰의 전파는 조금 안 잡히지만, 방송하는 TV 프로그램도 그다지 다르지 않다.

달라진 건 내 주변 환경이다.

어머니가 없어졌고, 아버지가 일하지 않게 되었다.

원래 잘 지내는 부부는 아니었다. 어머니는 홀랑 집을 나가서는 며칠이나 돌아오지 않는 일이 일상다반사였고, 아버지는 그런 어머니를 제지하지 않았다. 그래서 이혼은 어쩔 수 없었다고 생각한다. 그건 당사자들 간 의사의 문제다. 하지만 정식으로 이혼이 성립되고 나서도, 아직도 그 현실을 받아들이지 못하는 아버지에게 나는 완전히 진절머리가 났다.

그런 어딘가 염세적인 분위기가 전해져 버렸는지, 전학 간 고등학교에서도 나는 잘 녹아들지 못했다.

좋게 말하면, 반 친구들과의 사이에 벽이 있었다. 나쁘게 말하면 완전히 붕 떠 있었다. 철 지난 6월의 전학이 나쁜 방향으로 굴러간 결과일 것이다. 다행히 미움을 받고 있는 것은 아닌 것 같았지만, 그렇다고 다정하게 말을 걸어 주는 상대가 있는 것도 아니었다.

어쩌다 보니 방과 후에 함께 딴 데 들를 친구도 없고 해서,

이렇게 혼자 묵묵히 시간을 보내고 있는 것이다. 원래 사람들을 대하는 것이 능숙하지 않았기 때문에 특별히 외롭다고는 생각하지 않았다.

모래사장은 끝에서 끝까지 간신히 보였다.

어렸을 때 할머니가 몇 번 데려온 적이 있었는데 그때는 더 넓었던 것 같다. 까마득하게 펼쳐진 모래사장의 경치가 그야말로 세상의 끝까지 이어지고 있는 것처럼 느꼈었다. 그렇지 않게 되어 버린 건, 분명 내가 변해 버렸기 때문일 것이다.

그런 생각을 하면서 문득 시선을 들어 보니 커다란 유목이 보였다.

유이가하마에는 자주 표류물이 흘러든다. 작은 것으로는 편지가 담긴 병부터 큰 것으로는 산 고래까지 다양하다. 그래서 유목 정도는 그리 드물지도 않다.

그 위에서 교복을 입은 여자아이가 울고 있다는 것을 제외하면.

아마 나랑 비슷한 나이일 것이다. 어깨 정도까지 자란 머리카락 아래에서 얼굴을 숙이고, 조용히 오열하고 있었다. 가만 보니 내가 다니는 고등학교의 교복을 입고 있다. 게다가 조금 떨어진 곳에서도 특징적인 그 얼굴은 낯이 익었다.

분명—— 동급생인 미즈하라 나쓰였다.

밝고 상냥한 성격으로, 언제나 반의 중심에 있는 소녀. 햇살 속에 피어나는 해바라기 같은 미소로, 거기에 있는 것만으로도 확 물든 것처럼 주변 공기가 변하는 게 인상적이었다. 나쓰(여름이라는 뜻)라는 이름 그대로 그녀에게는 여름 같은 이미지가 있었다. 나도 전학 온 지 얼마 안 됐을 때 두세 마디 인사 정도는 나눈 적 있었지만, 그뿐이었다.

그 미즈하라 나쓰가 울고 있었다.

뭔가 소중한 것을 잃어버린 어린아이처럼, 주위도 아랑곳하지 않고 눈물을 흘리고 있었다.

그 표정은 교실에서 보던 것과는 전혀 다른 것이었다.

몇 초 정도 망설인 끝에, 아무것도 못 본 것으로 하고 슬며시 발길을 돌려야겠다고 생각했다. 뭔가 복잡한 사정이 있을 것 같기도 하고, 미즈하라도 그다지 친하지도 않은 반 친구에게 이런 모습을 보이고 싶지 않을 것이다.

그렇게 결정하고 발소리를 죽이며 발길을 돌리려던 그 순간이었다.

문득 고개를 든 미즈하라와 눈이 마주쳤다.

"……."

"……."

빨려 들어갈 것만 같은 큰 눈동자. 그 호박색 눈이 놀란 듯 휘둥그레져 이쪽을 똑바로 바라보고 있었다.

어쩌면 그녀는 나를 기억하지 못할지도 모른다. 마지막으로 이야기한 건 2주 전이고, 나는 빈말로도 존재감이 있는 편이 아니다. 인상에 남아 있지 않아도 이상하지 않을 것이다. 하지만, 그 희망은 금방 부서졌다.

"어……? 너, 분명……?"

미즈하라는 눈을 깜박거리더니 이렇게 말했다.

"저……, 아이카와, 였지?"

"아이하라, 야."

"아, 미안."

"……"

그대로 둘 다 입을 다물어 버렸다.

솔직히 말해서 어색했다.

한쪽은 우는 장면을 목격해 버렸고, 한쪽은 상대방의 이름조차 기억하지 못했다.

정체된 분위기를 바꾸듯 미즈하라가 입을 열었다.

"음, 아이하라는 여기서 뭐 하고 있었어?"

"딱히 아무것도. 산책……이랄까. 미즈하라는?"

"나는……"

입 밖에 내고 아차 하고 생각했다. 그걸 물어 보면 울고 있던 것도 언급해야 한다. 스스로 지뢰를 밟으러 가 버린 모양새다.

그녀는 뭐라고 대답할까?

얌전한 얼굴로 털어놓고 이야기를 할 것인가, 아니면 적당히 속일 것인가.

하지만 그녀의 입에서 돌아온 말은 생각지도 못한 것이었다.

"나는…… 보물찾기랄까?"

"보물찾기?"

"응, 맞아. 좋은 거 찾았으면 좋겠어."

모래사장을 둘러보며 말한다.

여기서 뭘 찾고 있다는 말인가. 그녀의 말뜻을 나는 이해할 수 없었다.

고개를 갸웃거리고 있자, 그녀는 말했다.

"이렇게 됐으니, 너한테도 도움을 받을 거야."

"나한테?"

"너 말고 또 누가 있지?"

"돕다니? 보물찾기를?"

"응, 맞아."

그렇게 고개를 끄덕이고는 그녀는 일어나 늘 교실에서 보여 주던 것과 같은 미소를 지으며 말했다.

"여기에는 바다의 신이 주신 보물들이 많이 잠들어 있으니까."

그녀가 말하는 보물찾기란, 바로 해안에 떨어져 있는 것을 주워 모으는 일이었다.

아까도 말했듯이, 모래사장에는 많은 표류물이 떠밀려 온다. 그중 조개껍데기나 돌, 유목이나 산호, 유리조각 등이 그 주된 대상인 것 같았다.

"비치코밍이라고 해."

미즈하라가 발밑에 있던 조개껍데기를 집어 올리며 그렇게 말했다.

"해안에 떠밀려 온 것들을 주워 모으는 거야. 여러 가지 것들이 있어서 즐거워."

"모아서 어떻게 해?"

"음, 여러 가지야. 관찰하기도 하고 표본으로 만들기도 하고, 가공해서 귀여운 소품이라든가 잡화라든가를 만들기도 해."

"흠……."

그런 취미가 있었나. 모래사장에는 옛날부터 몇 번 와 봤지만, 금시초문이었다.

파도가 치는 곳에 떨어져 있던 작은 조개껍데기를 집어 들고 미즈하라는 나에게 보여 주었다.

"이건 오미나에시다카라(젖빛개오지). 다카라조개라는 조개의 동료로, 표면이 도자기처럼 반들반들한 게 특징이야. 자,

만지면 기분 좋지 않아?"

"여기 이거는?"

"음―, 이건 하쓰유키다카라(함박눈송이개오지)네. 조개껍데기 모양이 눈처럼 보여서 그렇게 불리게 됐대."

"그렇구나."

둘이서 해안가를 걸으며 다양한 것들을 주워 모았다. 비치코밍은 의외로 즐거웠다. 미즈하라가 보물찾기라고 했지만, 그건 정말 어울리는 표현이었다. 많은 유목이나 해초 사이에서 선명한 색의 유리조각을 발견했을 때에는, 어린아이처럼 가슴이 뛰었다.

무심코 보던 작은 조개껍데기에도 제대로 이름이 붙어 있는 것에 감탄했다. 아까 봤던 게에도 내가 몰랐을 뿐, 분명 훌륭한 이름이 있었을 것이다.

그런 생각을 하고 있는데, 문득 그녀가 이쪽을 향해 손을 흔들며 외치고 있었다.

"아, 있잖아, 아이하라. 자, 이거!"

"?"

"봐봐, 대단해!"

미즈하라가 들고 있던 건, 커다란 소라였다. 어지간한 누름돌 정도 크기로, 그녀의 작은 손보다 훨씬 큰 크기였다.

"조개껍데기를 귀에 대면 바닷소리가 들린다고 하잖아. 해

본 적 있어? 없지? 하자, 하자!"

"……보통 그런 건 좀 더 귀여운 조개 같은 걸로 하는 거 아니야?"

"아이하라는 귀여운지 아닌지로 조개를 차별하는 사람?"

"어, 아니, 그렇지는……"

"그럼 상관없잖아. 세세한 건 신경 쓰지 마. 조개라면 대개 어느 것이나 다 마찬가지야."

어느 것이나 다 마찬가지는 아닐 것이다. 너무 대충이다.

마음속으로 그렇게 지적하고 있으니, 미즈하라는 그 자리에 주저앉더니 즐거운 얼굴로 손에 든 소라를 내 귀에 찰싹 들이댔다.

"저기, 파도 소리 들리지?"

"들리긴 하는데."

주위를 둘러본다. 이 장소에서 파도 소리가 들리지 않는다면, 이비인후과에 가 보는 것이 좋을 것이다.

"정말, 그게 아니라, 조개 속에서 들리는 것 같지 않아? 이 소라가 노래하는 것처럼."

그 말에 귀를 기울여 보니 확실히 조개껍데기 안쪽에서 쏴 — 하는 낮은 소리가 들렸다. 그것은 파도 소리라거나 소라가 노래하고 있다기보다는, 마치 바다 밑바닥에 있는 듯한 소리였다.

물론, 나는 바다 밑으로 잠수한 적이 없다. 하지만 실제로 바다 밑바닥까지 가 보면 들리는 소리라는 건 분명 이런 것이 아닐까 하는 생각이 드는 소리였다. 아주 깊고 고요하게 가슴 속까지 울리는 소리.

그 말을 전하자 미즈하라는 "바다 밑바닥이라니, 재미있는 말이네. 음, 그래도 듣고 보니 그럴지도 모르겠어. 바다 밑바닥에서 소라가 노래하는 거야"라며 웃었다. 어디까지나 소라가 노래하고 있다는 부분은 바꿀 생각이 없는 것 같다.

"왜 조개껍데기를 귀에 갖다 대면 소리가 들리는지는 모른대."

미즈하라가 말했다.

"주위 공기의 주파수를 조개껍데기가 골라내기 때문이라고도 하고, 듣고 있는 손의 혈액이 흐르는 소리가 아닐까 하는 말도 있어. 심장박동이 전해지는 소리라는 설도 있대. 그래도 나는 단연, 조개껍데기가 노래한다는 설이야. 응, 그건 양보할 수 없어."

미즈하라의 고집이야 어떻든, 이렇게 들려오는 건 그녀의 심장 박동일지도 모른다.

시각은 오후 4시가 지났지만, 햇살은 전혀 약해질 기색을 보이지 않았다. 마치 온도조절 기능이 망가진 듯, 따끔따끔 살갗에 꽂히는 새하얀 햇빛을 발하고 있다. 물결치는 수면에 그 하얀 빛이 반사되어 프리즘처럼 반짝반짝 빛나고 있었다. 파도 위로 가끔 작은 검은 그림자 같은 것이 보인다. 저건 물고기일까?

"그러고 보니, 이렇게 아이하라와 제대로 얘기하는 건 처음이네."

그녀가 벌떡 일어서며 말했다.

"누가 말 거는 걸 그다지 좋아하지 않는 사람인가 하고 생각해 사양하고 있었지만, 전혀 그렇지 않은 느낌이야. 그냥 말하기도 편하고."

"그건……"

주위를 거절할 생각은 아니었다. 하지만 역시 그렇게 보여 버렸나, 하고 조금 반성했다.

"……말을 거는 것이 싫은 건 아니야. 그냥 전학 온 지 얼마 안 돼서 아직 적응이 안 된 것뿐."

"그래?"

"응."

"흠. 그럼 학교에서도 더 이야기하자. 모처럼 같은 반이 됐는데 아깝잖아."

"아, 응."

내가 고개를 끄덕이자 그녀는 "약속이야!"라며 똑바로 이쪽을 보고 말했다. 여름의 태양 같은 눈부신 미소에, 나는 무심코 고개를 돌리고 말았다. 그 빗나간 시선 끝에 문득 어떤 것이 눈에 들어왔다.

"……어, 이거 뭐지?"

발밑을 씻는 파문 사이에 떠다니는 작은 조개껍데기. 겉보기에는 아까 설명해 준 다카라조개와 비슷한 모양인데, 그 등에 한줄기 눈물을 떨어뜨린 자국 같은 모양이 붙어 있다.

주워 올리려는데 미즈하라가 눈을 부릅떴다.

"그거……!"

"어?"

"그거 오토메다카라야! 응, 틀림없어……!"

"? 귀해?"

"귀해! 레어 중의 레어라고 해도 좋을 정도로! 그야말로 보물이야. 굉장해굉장해!"

흥분한 목소리로, 조개껍데기를 손바닥으로 건져 올렸다.

그 보물이라고 형용된 작은 소라는 태양 아래에서 물방울을 반사하며 아름답게 빛나고 있었다.

"사실 이 근처에서는 나오기 어려운 것인데. 그런데도 이렇게 쉽게 발견되다니……. 어쩌면 인어가 가져다 준 것일지도 몰라."

그렇게 말하며 미즈하라는 숨을 내쉬었다.

"억울해. 나는 여기 1년 넘게 다니면서 한 번도 못 찾았는데. 어쩌면 아이하라는 보물찾기 재능이 있는지도 모르겠네."

"그런가."

"아니, 분명히 있어! 아이하라는 트레저 헌터야."

내 두 손을 꼭 잡고 그렇게 말했다. 그녀의 손은 따뜻하고 엄청 부드러워서 마치 여름의 열을 그대로 응축해 놓은 것 같았다.

"있지, 아이하라. 아직 시간 있어?"

"어?"

"지금 돌아가지 않으면 안 돼? 통금 시간은 엄격한 편?"

통금 시간 같은 건 없는 것이나 마찬가지다.

원래 집에 가기 싫어서 여기에 온 거고, 내가 돌아가지 않아도 아버지는 아무 말 안 할 거다. 그런 관계였다면 애초에 이런 식으로 되지는 않았다.

나는 고개를 옆으로 저었다.

"다행이다. 그럼, 이제부터 시간 좀 내주지 않을래?"

2

가마쿠라는 언덕이 많은 거리다.

거리 자체가 산간에 있기도 해서 곳곳에 언덕길이 있다. 과거 이 장소가 가마쿠라 막부가 놓인 땅이기 때문에, 지키기 쉽고 공격하기 어려운 요새로서의 역할을 했다는 역사적 요인도 영향을 미쳤을 것이다.

미즈하라가 향한 곳은, 그런 몇 개의 언덕을 오른 곳이었다.

이 근처에서는 비교적 큰 종합병원.

들어가자마자 바로 보이는 접수처를 익숙한 걸음으로 통과해, 그대로 2층으로 나아간다.

어디로 갈 생각일까?

내가 묻자, 그녀는 이렇게 대답했다.

"응, 할머니한테."

"할머니? 입원하셨어?"

"……응."

내 말에 그녀는 조그맣게 고개를 끄덕였다.

병문안을 왔다는 말인가. 하지만 어째서 거기에 내가 같이 따라오게 됐는지에 대해서는, 전혀 알 수 없었다.

밝은 복도였다.

큰 창문으로 약간 황혼이 섞인 햇빛이 들어와, 옅고 희미하게 빛나고 있었다. 병원에 흔한 소독액 냄새도 거의 나지 않았다. 우리 발소리에 맞춰 리놀륨 바닥이 울리는 소리가 삐걱거렸다.

미즈하라의 할머니 병실은 2층 맨 안쪽에 있는 개인실 같았다.

"왔어, 할머니."

노크를 하고 안으로 들어가니, 그곳에는 창가에 놓인 침대가 있었고, 그 위에서 한 노부인이 몸을 일으키고 있었다. 새하얀 머리, 나뭇가지처럼 가는 팔, 굽은 등. 그녀는 이쪽을 보더니, 만면에 환한 미소를 띠었다.

"아이고, 나쓰, 잘 왔구나."

어딘가 미즈하라를 닮은 미소였다. 보는 사람의 마음을 진정시켜 주고, 붙임성이 있다.

"오늘도 덥네―. 땀에 흠뻑 젖었어. 그래도 할머니 있는 곳은 항상 시원해서 좋겠다."

"여긴 고지대니까. 통풍이 잘되는 덕분에 냉방을 많이 안 해도 쾌적한 건지도 모르겠네."

"좋겠다―. 집보다 여기서 살아도 좋겠어. 아, 이쪽은 아이하라. 고등학교 반 친구인데, 조금 전까지 함께 보물찾기 하고 있었어."

"아⋯⋯, 처음 뵙겠습니다."

갑자기 언급되어서 황급히 고개를 숙였다.

내 더듬거리는 인사에, 미즈하라의 할머니는 상냥한 미소로 화답해 주셨다.

"어머어머, 반가워요. 나쓰의 할머니예요."

미즈하라의 할머니는 하쓰 씨라는 이름이었다. 그녀의 친가 쪽 할머니로, 여기에 입원해 계신 것 같다.

"있잖아, 오늘은 보기 드문 게 발견돼서, 할머니한테 보여 주려고 왔지."

"오, 그래? 뭘까?"

"후후후, 놀라지 마."

그렇게 말하고, 미즈하라는 가방 속에서 손수건에 싸인 오토메다카라를 꺼냈다.

"짜잔, 봐봐, 오토메다카라야! 게다가 어디도 깨지지 않은 놈."

"어머나, 신기하네."

"그렇지? 아이하라가 찾아 줬어. 대단하지. 오늘 처음 보물찾기를 했는데, 이런 걸 발견하다니."

마치 자신의 일처럼 미즈하라가 목소리를 높인다. 나는 조금 부끄러운 마음이 들었다.

"오토메다카라는 인어의 눈물이라고도 하니까 말이지."

하쓰 씨가 말했다.

"깊고 깊은 바다 밑바닥에서 인어가 흘린 눈물이, 파도의 요람에 흔들려 오토메다카라가 되지. 인어도 여자아이니까, 역시 여자아이보다 남자아이가 더 좋은 것 아닐까."

"그렇구나, 그럼 나한테 오지 않아도 별 수 없네."

미즈하라가 그렇구나, 응응, 끄덕거리면서 말한다. 더욱이 "이 인기남─" 하며 팔꿈치로 허리를 찌르니, 나는 어떤 얼굴을 해야 좋을지 알 수 없게 되어 시선을 피했다.

병실 안은 깔끔했다.

청소가 잘되어 있고 깨끗하게 정돈되어 있지만, 군데군데 개인 물건으로 생각되는 것이 많이 놓여 있었다. 그 어딘가 생활감이 배어 나오는 분위기가, 하쓰 씨의 이곳 생활이 길었음을 짐작케 했다.

"그건 그렇고, 나쓰가 친구를 데려온 건 처음이네."

"어?"

하쓰 씨가 주름진 눈을 가늘게 뜨고 말했다.

"내가 여기 들어온 지 오래됐지만, 이렇게 떠들썩한 것은 처음이잖니."

"그건 말이지, 왜냐하면."

미즈하라가 우물거렸다.

왠지 모르게 알 것 같았다. 이곳은 일상과는 분리된 공간이다. 거기에 일상의 상징이라고도 할 수 있는 반 친구들을 데려오는 것은 꺼림칙했을 것이다. 그것이 좋든 나쁘든.

"아아, 미안하구나. 그에 대해 뭐라고 하려는 게 아니란다. 그냥, 평소보다 나쓰가 즐거워 보여서 말이야. 오토메다카라 같은 얼굴을 하고 있는걸."

"하, 할머니……!"

당황한 듯 목소리를 높이는 미즈하라를 곁눈질하며, 하쓰 씨가 잔잔하게 웃는다. 어딘지 모르게 민망했지만, 동시에 어딘가 편안함을 느끼고 있었다. 그것은 하쓰 씨가 두르고 있는 부드러운 공기 때문이었다고 생각한다.

그러고 나서 잠시 이야기를 나누다가, 우리는 병실을 나 왔다.

하쓰 씨는 웃는 얼굴로 배웅해 주었다.

❅❅

병원을 나오니, 해는 완전히 떨어지고 주변은 캄캄해져 있 었다.

눈부시게 새하얗던 경치는 짙은 감색으로 물들어 있고, 하 늘에는 푸르스름한 달과 옅은 빛을 발하는 별들이 반짝이기 시작하고 있었다. 저 유달리 눈에 띄는 별 세 개는 여름의 대 삼각일까. 가마쿠라의 하늘은 도쿄만큼 밝지 않아서 별이 잘 보인다. 하늘의 주역이 바뀌는 것은 전혀 개의치 않는다는 듯, 주위의 나무들에서는 잠들지 않는 매미 소리가 들려

온다.

"오늘 고마웠어. 시간 내 줘서."

미즈하라가 하늘을 올려다보며 말했다.

"나 말이야, 할머니 아이야. 부모님은 두 분 다 일 때문에 집에 안 계실 때가 많아서, 할머니가 나를 돌봐 주실 때가 많았어. 그래서 되도록 만나러 가고 싶었어. 부모님은 지금도 일이 바빠서 별로 병문안을 오지 못하거든."

"그렇구나."

미즈하라와 하쓰 씨 사이에 흐르는 온화한 공기를 보면서, 이들 사이가 좋다는 것을 알았다. 분명 둘 사이에는 확실한 연결고리가 있을 것이다.

다만, 딱 한 가지 알 수 없는 게 있었다.

"저기, 미즈하라."

"응?"

"왜 나를 초대했어?"

그거였다.

지금까지 친구를 데리고 온 적은 없었다고 하고, 미즈하라는 왜 오늘까지 이름도 기억 못하던 같은 반 친구를 데리고 가려고 했나.

그러자, 그녀는 하늘을 올려다본 채 대답했다.

"음, 왜였을까. 잘 모르겠어."

"어?"

"그래도 왠지 모르게 비비빗 하고 왔어. 이 사람을 데려가는 게 좋다고."

"비비빗……"

"나, 그런 직감은 맞는 편이야."

이쪽을 보고 즐거운 듯 웃는다.

비비빗 하고 다시 한번 입속으로 되풀이해 보았다. 뭔가 신기한 울림이었다.

"아, 그리고 말이야. 오토메다카라는 아이하라가 발견한 것이었기 때문이야. 역시 보물은 찾은 본인이 자랑해야지. 제일 먼저 이름을 올리는 것은 트레저 헌터의 특권이라고 정해져 있잖아."

"그런 거야?"

"응, 그런 거야."

왠지 미즈하라가 자랑스러운 듯 말한다.

그 직후에, 우리는 얼굴을 마주 보며 같은 타이밍에 웃기 시작했다.

어쩐지 이상했다. 환한 웃음이 뱃속에서 터져 나와 멈출 수 없었다. 가로등과 별빛이 번갈아 쏟아지는 밤거리에, 두 사람의 웃음소리가 울려 퍼지고 있었다.

"저기, 아이하라는 '소원' 같은 거 있어?"

잠시 둘이서 서로 웃은 뒤, 문득 아무런 예고도 없이 미즈하라가 말했다.

"'소원'?"

"응, 맞아. 이루고 싶은 '소원'."

"……."

어떨까.

작은 거라면 많이 있다. 아침에 더 늦게까지 자고 싶다, 시험에서 좋은 점수를 받고 싶다, 발매된 지 얼마 안 된 게임을 손에 넣고 싶다. 하지만 그건 소원이라기보다는, 그냥 세속적인 욕심인 것 같았다.

"모르겠어. 그렇게까지 명확한 건 없을지도 몰라."

"나는 있어."

미즈하라가 분명한 어조로 말했다.

"꼭 이루고 싶고, 이루어졌으면 좋겠다고 생각하는 마음속 깊은 '소원'. 그건 지금 나에게 있어서 내가 무슨 일을 해서라도 성취시키고 싶은 거야."

가슴이 철렁 내려앉았다.

그 표정은 지금까지의 어딘가 여름을 느끼게 하는 환한 미소와는 달랐다. 진지하고 직선적이고 결의로 가득한……. 나는 옛날에 어디선가 이 표정을 본 적 있는 것 같았다. 어디선가…….

"저기, 미즈하라――"

뭔가를 확인하려는 듯 미즈하라에게 말을 건네려는데,

"그거."

"어?"

거기서 미즈하라가 말을 끊었다.

"음―, 아까부터 신경이 좀 쓰였어, 그 미즈하라라고 부르는 거. 왠지 서먹서먹하달까, 데면데면해. 나쓰라고 해도 괜찮아."

"어, 그래도……."

불과 몇 시간 전에 막 친해진 셈이고, 모르는 것이 많다는 점에서는 변함이 없다.

당황하는 나에게 그녀는 휙 검지 손가락을 들이댔다.

"좋아. 결정했어. 아이하라는 성 말고 이름을 뭐라고 해?"

"도오루인데……."

"그럼 나도 도오루라고 부를게. 그럼 공평하지?"

그게 문제가 아닌 것 같은데…….

하지만 그녀는 멋대로 그렇게 납득했는지, 응응 하며 고개를 크게 끄덕였다.

"나쓰라고 불러주지 않으면 대답 안 할 거야."

나를 보고 장난스럽게 그렇게 웃었다.

하늘에는 그런 우리를 보고 소리 죽여 웃는 듯, 푸른 달과 흰 별이 부드러운 빛을 띠고 있었다.

※※

※※※

그것이 그녀와 보낸 첫 하루였다.

언제나 환한 미소를 짓고 있어, 이름처럼 여름을 연상케 하는 그녀.

하지만 그뿐만이 아니라, 그녀에게는 어딘가 그늘이 있었다.

그런 그녀에게, 아마 처음부터 나는 마음이 끌렸던 것 같다.

그때 발견한 소라와 오토메다카라는, 지금도 소중히 간직하고 있다.

소녀의 눈물을 그 등에 새겼다는 오토메다카라. 하지만 그 특징적인 무늬는, 나에게는 소녀의 눈물 외에, 다른 것처럼 생각되었다.

마치 모래사장에 쌓인 눈처럼.

✳✳✳

집에 돌아오니 방 안은 캄캄했다.

현관에 신발은 놓여 있는 것 같았고 외출한 기색도 없다. 아마 또 술을 마시고 자고 있겠지.

한숨도 나오지 않았다.

분명 저 사람은 내가 며칠 집을 비워도 아무 말도 하지 않을 거다. 오히려 어느 날 갑자기 사라져도 아무렇지도 않을 것이다. 본래 전혀 관심이 없으니 어쩔 수 없다고 하면 어쩔 수 없지만.

고즈넉한 현관에서 신발을 벗고 2층의 내 방으로 올라간다.

딱히 이런 건 어제오늘 일이 아니다. 철이 들었을 때부터 계속 이랬고, 엄마가 있었을 때도 크게 다르지 않았다.

그냥 추웠다.

몸이 아니라, 마음이.

한창 여름 한복판인데, 얼어버릴 것 같았다.

그런 가운데, 미즈하라와 나눈 대화의 기억만이, 태양처럼 따뜻하게 빛나고 있었다.

3

그녀가 성실히 약속을 지키는 여자아이라는 것은, 다음 날 바로 증명됐다.

그것은 아침에 등교를 하고 있을 때의 일이다. 아직 졸린 눈을 비비며, 언제나처럼 나는 혼자 교실로 향했다. 어제 꽤 오랜 시간 모래사장에서 보물찾기를 해서인지, 목 주위와 팔 피부가 따끔따끔했다. 목욕할 때 보니 빨개져 있었으니까, 아마 햇볕에 탄 거겠지. 교복 칼라가 피부에 쓸리는 것을 참으며 복도를 걷고 있는데, 갑자기 뒤에서 어깨를 두드렸다.

"안녕, 도오루."

미즈하라였다.

여느 때와 같이, 여름을 연상시키는 미소로 팔랑팔랑 손을 흔들고 있다.

"아, 좋은 아침이야. 미즈하라."

"……."

"미즈하라?"

"……."

그녀는 입을 다문 채, 작게 뺨을 부풀렸다.

"……어제 약속, 벌써 잊어버렸어?"

"어?"

"……나쓰."

그녀가 나직히 말했다.

"……나쓰라고 불러주지 않으면, 대답하지 않겠다고 했어."

"아……."

분명 그렇게 말했다. 하지만 설마, 이런 공적(?)인 자리에서 그것을 요구할 줄은 생각도 못했다.

"아, 음……."

"……."

"그……."

"…………."

미즈하라는 그 호박색 눈으로 똑바로 이쪽을 바라보고 있었다. 나는 각오를 다졌다.

"나쓰……."

신기하게도, 그 울림은 저절로 입에 익숙해졌다.

"다시 한번 말해봐."

"……나쓰."

간신히 그 말을 쥐어짜자, 미즈하라는 화악 표정이 밝아졌다.

"응, 좋아."

진심으로 만족한 듯한 목소리였다.

그대로 그녀에게 등을 떠밀려, 둘이 나란히 교실로 들어

간다.

그 순간, 반 친구들의 시선이 이쪽을 향해 일제히 모여드는 것을 느꼈다.

그건 어찌 보면 당연했다. 어제까지만 해도 반에서 붕 떠 있던 전학생이, 반의 중심인 미즈하라와 다정한 모습으로 등교했으니, 주목하지 않을 리 없다.

그래도 너무 튀는 것은 사양하고 싶었다.

동물원에서 희귀 동물이라도 보는 듯한 시선을 피부로 느끼며, 되도록이면 그 흥미를 자극하지 않으려고 기척을 죽이고 겨우 자리에 도착했다.

안도의 숨을 내쉬고 있는데, 옆자리 남학생이 말을 걸어왔다.

"야, 너 미즈하라랑 사이좋아?"

"어?"

"뭔가 이름을 서로 부른 것 같고. 게다가 같이 등교한 거 아냐?"

남학생의 이름은 분명 니시나였을 것이다.

"그렇지 않아. 우연히 교실 앞에서 함께하게 된 것뿐이야."

그것은 사실이다.

"하지만 미즈하라가 이름으로 부르는 녀석은, 남자 중에는 없었어."

"그건……."

나도 모르겠다. 도대체 왜 그런 짓을 했는지, 내가 제일 궁금할 정도다.

내 대답에 납득했는지 아닌지, 남학생은 코웃음을 쳤다.

"뭐, 됐어. 너, 의외로 재미있을 것 같은 녀석이네. 아이하라였나? 나는 니시나. 잘 부탁해."

"아, 응. 잘 부탁해."

내민 손을 붙잡았다. 남학생── 니시나는 자주 지각을 하거나 수업을 빼먹거나 해서, 어느 쪽이냐 하면 불성실하게 보였지만, 나쁜 녀석은 아닌 것 같았다.

이윽고 담임교사가 들어와 홈룸이 시작됐다.

"그럼 오늘은, 2주 후에 열리는 문화제의 공연인 연극의 배역을 정하도록 하겠습니다."

아직 젊어서 여대생처럼 보이는 모리노 선생님이 인사를 한 뒤에 그렇게 말했다.

이 학교에서는 문화제가 7월에 열린다. 대체로 문화제라고 하면 가을에 열리기 마련인데, 여기서는 보통 이맘때에 열리는 모양이다. 칠석 부근의 스케줄이 되는 경우도 많아서, 칠석제라고도 불린다던가. 그 칠석제에서는 학급별로 뭔가 공연을 하기로 되어 있어서, 내가 소속된 3학년 1반에서는 연극을 하기로 정해져 있었다.

제목은 인어 이야기였다.

이 근처에는 옛날부터 인어와 연관되어 전해 내려오는 이야기가 있는 것 같았고, 그것을 각색한 것을 연극으로 상연한다는 모양이다. 자세한 내용까지는 몰랐지만, 어부가 구해 준 인어가 소원을 이루어 준다는 이야기였다고 생각한다. 주역인 인어 역은 이미 지난주에 미즈하라로 정해져 있었다.

"지난번에는 정해지지 않았던 어부 역인데⋯⋯, 누구 하고 싶은 사람 없나요?"

대답은 없었다.

모두 살피듯이 서로의 얼굴을 힐끔힐끔 보고 있다.

"어──, 자원이 아니면 타인이 추천해도 상관없어요. 누구 없어요?"

모리노 선생님이 곤란한 듯이 그렇게 교실을 둘러본다. 하지만 역시 아무도 손을 들지 않는다.

앞으로 수험이 있기도 하고, 아무도 귀찮은 일을 맡고 싶지 않은 것이다. 그건 나도 같은 마음이었다. 풍파를 일으키지 않고 넘어가기 위해, 슬그머니 책상에 고개를 묻으려 했다.

그때였다.

왠지 이쪽을 보고 있던 미즈하라와 눈이 마주쳤다. 내 시선을 눈에 담더니, 뭔가 장난기가 떠오른 듯한 얼굴로 미소를 지었다.

안 좋은 예감이 들었다.

황급히 뭔가 말하려고 했을 때는, 이미 늦었다.

"그럼, 어부 역할은 도오루가 맡는 게 좋을 것 같아요!"

활기차게 손을 들며, 그녀는 그렇게 말했다.

"아이하라?"

"네! 무뚝뚝한 부분이 왠지 어부라는 느낌도 들고, 전학 온지 얼마 안 됐으니 반에 적응하는 의미에서도 괜찮지 않을까 싶어요."

"그건……, 그럴지도 모르겠네요."

모리노 선생님이 이쪽을 바라보며 고개를 끄덕인다.

"그러니……, 괜찮다면 아이하라가 해 줄래?"

"아, 음……."

"제발 들어 줄 수 없을까? 오늘 안에 정하지 않으면 곤란해서……."

간청하는 듯한 눈이었다.

다른 반 아이들도, 그 말에 동의한다는 목소리를 냈다.

"아―, 그렇지. 그렇게 하는 게 반에 더 적응하기 쉽겠지."

"정말 왠지 어부 같네."

"응, 나쓰랑 아이하라, 의외로 잘 어울릴 것 같아."

"……."

거절할 수 있는 분위기가 아니었다.

나는 포기하고 백기를 들었다.

"……알겠습니다. 할게요."

그 말에 모리노 선생님이 안도한 듯한 표정을 지었다.

"그럼 어부 역할은 아이하라에게 부탁하겠습니다. 다음은 다른 배역인데요……"

이렇게, 칠석제에서 어부 역할을 하기로 결정되어 버렸다.

"저……, 화났어?"

쉬는 시간.

미즈하라가 내 책상으로 와서 그렇게 작은 소리로 말했다.

"화나지는 않았어. 어리둥절하긴 했지만."

"아, 응, 그렇지……."

미안해 보이는, 그러면서도 조금은 기쁜 듯한, 뭐라고 말할 수 없는 표정이 된다.

"좋잖아. 미즈하라랑 둘이서 주역을 할 수 있다니, 부럽다. 바꾸고 싶을 정도야."

옆에서 니시나가 그렇게 말했다.

"그럼 바꿔 줄래?"

"그건 무리야. 이미 결정된 일이고, 뭐니뭐니 해도 미즈하라 지명이잖아."

"바꿀 생각 없지?"

"글쎄?"

그렇게 말하며 히죽히죽 웃는다.

제법 유머가 있는 듯, 좋은 친구가 될 것 같다.

"저기, 아무래도 싫다면 지금이라도 모리노 선생님께 말씀 드리고 올게……."

미즈하라가 쭈뼛쭈뼛 그렇게 말한다.

그래도 말하는 만큼 싫지는 않았다. 하긴 귀찮을 수도 있고, 여러 가지 힘든 일도 있겠지. 하지만 미즈하라와 함께 한다면 그것도 나쁘지 않을 수도 있다고, 어째서인지 그렇게 생각했다.

"괜찮아. 할게."

"정말……?"

"응. 미즈하라…… 나쓰가 여러 가지 가르쳐 줄 거잖아."

"그건 물론이지!"

"그럼 됐어. 싫지 않아."

"그렇구나……, 다행이다."

정말 안심한 듯 미즈하라가 숨을 내쉬었다. 어떻게 보면 대담하다고 할 정도의 행동력으로 나를 추천했는데, 그것을 진심으로 신경 쓰는 섬세함을 겸비하고 있는 것이 그녀의 신기한 점이었다.

"여러 가지를 배우다니, 뭘 배운단 말이야?"

니시나가 계속 싱글싱글 웃으며 고개를 들었다.

정말, 이 녀석과는 좋은 친구가 될 것 같았다.

유이가하마의 기원은 유이(結)라는 말에 있다고 한다.

매다, 묶다, 잇다. 그 말의 의미는 여러 인연이나 관계를 엮는 것이다. 본래의 기원은 유이고라는 가마쿠라 시대의 상호 노동조합이 보이는 지역이라는 데서 온 것 같지만, 왠지 전자 쪽이 더 그럴 듯하다. 그건 여기서 내가 미즈하라랑 인연을 맺어서일지도 모른다.

"바닷바람이 기분 좋다."

그 미즈하라와 오늘도 또 둘이서 나란히 걷고 있었다.

남쪽에서 불어오는 따뜻한 바닷바람을 느끼며 방과 후 유이가하마를 배회한다.

연극 연습은 다음 주부터 시작한다고 한다. 그 전에, 나에게 이야기해 두고 싶은 것이 있다는 것이었다.

머리 위에는 많은 바닷새가 날아다니고 있었다. 거무스름해 보이는 것은 솔개일까. 먹으며 걸어 다니면 습격당할 수 있으니 주의하라는 간판이 서 있는 것이 보였다. 무섭다.

"그래서 이야기해 두고 싶다는 건 뭐야?"

"아—, 응, 그거 말이야."

잠시 걷다가 어딘가 연극하는 듯한 몸짓으로 헛기침을 한 뒤, 미즈하라가 말문을 열었다.

"……실은, 도오루에게 중요한 말을 해야만 합니다."

"? 중요한 말?"

미즈하라가 고개를 끄덕인다.

그리고 더할 나위 없이 진지한 얼굴로, 이렇게 말했다.

"……실은 제가 울렁증을 앓고 있습니다."

"…………응?"

"그, 무대 같은 데서 사람들 앞에 서면 긴장으로 얼굴이 빨개지고, 전혀 말을 할 수 없게 됩니다."

잠깐의 침묵.

"……정말?"

"정말입니다."

"거짓말이잖아."

나도 모르게 그런 말이 입에서 나왔다. 전혀 그렇게는 안 보이는데.

"……안 어울린다고 생각했지?"

"……그건."

생각했다.

"괜찮아. 스스로도 그렇게 생각하니까. 그런데 정말 그래. 옛날부터 유치원 놀이 모임이라든가 초등학교 학예회라든가 하는 건, 정말 싫었어."

가만히 올려다보는 진지한 눈빛으로 보아도 사실일 것이다. 놀랐다. 그런데 잘도 연극의 주역 같은 걸 맡았다.

그러자 미즈하라는 이렇게 말했다.

"……이제, 지금밖에 기회가 없었으니까."

"어?"

"인어 역할을 보여 줄 수 있는 거. 이번이 마지막이었어."

지금밖에 기회가 없어? 보여 줄 수 있어?

미즈하라의 말뜻을 못 알아듣고 고개를 갸우뚱거리자 그는 "응, 도오루라면 괜찮겠지"라며 작게 중얼거렸다.

"있잖아……, 할머니께 보여 드리고 싶어."

무척 중요한 것을 이야기하는 듯한 목소리였다.

"할머니는 인어 이야기를 좋아하셔. 원래는 할머니의 할머니께서 가르쳐 주신 이야기인 것 같은데, 아이였을 때 몇 번이고 몇 번이고 이야기를 들려주셨어. 인어 이야기를 하실 때의 할머니는 무척 즐거워 보이셨고, 그걸 듣는 시간도 좋았어. 어쩌면 이번 문화제에 오실 수 있을지도 모른다고 하셨어. 그래서……."

꼬옥, 교복의 가슴 부분에서 양손을 움켜쥔다.

그런 거구나.

좋아하는 할머니를 위해 거북하면서도 사람들 앞에 서는 역할에 자원했다. 정말 그녀답다. 그거였다면 지금의 상황에도 납득이 간다.

"알았어."

나는 대답했다.

"어?"

"나쓰가 잘되도록 협력할게. 실전에서 긴장하지 않게 특훈하는 걸로 괜찮지?"

"아……."

미즈하라가 놀란 듯 눈을 깜빡였다.

"그런 거 아니야?"

"어──, 아, 응, 맞아!"

붕붕 머리를 흔들며 크게 고개를 끄덕였다. 그걸 보고 왠지 옛날에 기르던 시바견 존 같다고 생각했다.

"그렇게 결정했으면 오늘부터 연습을 시작하는 게 좋을까? 반에서의 연습은 다음 주부터지만……."

"……."

"나쓰?"

미즈하라가 잠자코 있다.

뭔가 불편한 말이라도 한 걸까? 궁금해서 말을 걸자, 그녀는 내 눈을 보고 이쪽을 올려다보았다.

"고마……워."

그건 그녀의 성격을 감안하면, 작은 파도 소리에 묻혀 들리거나 들리지 않거나 할 정도로 작은 목소리였다.

하지만 거기에서는, 확실한 감사의 울림이 느껴졌다.

4

그날부터, 학교가 끝나면 우리는 유이가하마에 모이는 것이 일과가 되었다.

인어 역과 어부 역의 연습과, 나머지는…… 미즈하라가 사람들 앞에서 어떻게 긴장하지 않게 할 것인지에 대한 대책.

"손바닥에 사람 인 자를 써서 삼키면 좋다고 책에 적혀 있었던 것 같아."

"그거 벌써 했어. 아마 50번 정도 했을 거야. 그건 일시적인 위안 정도밖에 안 돼."

"그렇군."

확실히 과학적 근거는 부족하다.

"그럼 보고 있는 사람들이 다 호박이라고 생각한다든가."

"……전에 핼러윈에서 잭 오 랜턴 가장을 한 사람에게 크게 놀란 적이 있어서 말이야. 그 이후로 호박이 무서워. 필요 이상으로 움츠러들지도 몰라."

"으음……."

어려웠다.

애초에 정신적인 요소가 크기도 하고, 울렁증 대책이라고 해도 어떻게 해야 될지 아는 것도 없었다.

게다가 미즈하라의 울렁증은, 스스로 먼저 말을 꺼내야 했을 만큼이나 만만치 않았다. 내 앞에서는 평범하게 연기를 할 수 있다. 하지만 그 옆을 누군가 지나가거나 하면, 그것만으로 이미 횡설수설하고 만다.

이야기를 나눴고, 어쨌든 익숙해질 수밖에 없다는 결론에 도달했다.

일단은 둘이서만 연습을 하고, 그다음에는 일부러 사람이 지나가는 타이밍에 대사를 읊어 본다.

"──정말, 소원을 이루어 준다는 말인가?"

"네. 다만 앞으로 일어날 일에 대해서는 간섭할 수 없어요. 과거에 일어났던 일에 관한 것이라면, 이루어 드리지요."

"그럼 이 상처를 없애 줘. 상처를 입지 않았던 인생을 나에게 줘."

저녁 되기 전의 유이가하마에는 의외로 사람이 많다. 개를 산책시키는 사람, 낚시하는 사람, 해변에서 노는 사람. 어른

들은 대부분 의아한 눈초리로 지나갈 뿐이었지만, 아이들은 달랐다. 초등학생 정도의 아이들은 신기한 듯이 다가와 말을 걸어왔다.

"오빠들, 뭐 해?"

"인어랑 어부 연습이야."

"뭐?"

"연극 연습을 하고 있어. 이번에 문화제에서 하거든."

"흐―음. 둘 다 주연이야?"

"왠지 재미있을 것 같아."

"있지, 좀 더 보여 줘, 보여 줘."

눈을 반짝이며 다가선다.

"그 인어 이야기는 어떤 이야기야?"

라고, 초등학생 중 한 명이 그렇게 물었다.

미즈하라가 쭈그리고 앉아 눈높이를 맞춘다.

"음, 모르려나? 유이가하마에서 어부에게 붙잡혔다는 인어 이야기."

"몰라."

붕붕 고개를 가로로 흔들었다.

꽤 오래된 이야기인 것 같고, 요즘 아이들에게까지는 침투하지 않은 것일 것이다.

"그렇구나. 그럼 알려 줄게. 저어, 옛날 옛적에, 이 근처에……."

미즈하라가 이야기를 시작한다.

그러고 보니 나도 자세한 내용은 아직 못 들었다.

미즈하라가 한 인어 이야기는 이랬다.

옛날 옛적에, 이 근처에 고기잡이를 생업으로 하는 남자가 살고 있었다. 남자는 어부로서 솜씨가 좋았지만, 일을 하던 중 부주의로 다쳐 다리를 잘 못 쓰게 된 이후, 먹고살 만큼만 고기를 잡아 근근이 생계를 유지하고 있었다. 바다가 파랗게 빛나는 어느 날 밤, 남자가 고기잡이를 하고 있는데, 그물에 무엇인가 걸려 있는 것을 깨달았다. 그물 속에서 괴로워하고 있던 건, 상반신은 아름다운 여성, 하반신은 물고기의 모습을 한 인어였다. 남자는 제발 봐 달라고 간청하는 인어를 불쌍히 여겨, 그대로 바다로 돌려보내 주기로 했다. 고마움을 표현한 인어는, 보답으로 남자의 소원을 하나만 이루어 주겠다고 말했다. 남자는 생각 끝에 상처를 입은 다리를 낫게 해 달라고 빌었다. 그러자 신비한 푸른빛에 감싸였고, 남자의 상처는 사라졌다고 한다. 남자는 다시 만족스럽게 고기잡이를 할 수 있게 되었고, 이윽고 아름다운 여성을 신부로 맞아 행복하게 살았다고 한다.

"흠―, 뭔가 뻔한데."

남자아이 중 한 명이 그런 감상을 말한다.

거기에 여자아이들이 맹렬히 반론을 폈다.

"그렇지 않아! 멋져!"

"응응, 남자는 어린애라서 모른다니까."

어려도, 이런 이야기에는 여자가 공감을 잘하는 것 같다.

그리고 한동안 초등학생들에게 보여 주면서 연습을 했다.

이 작은 관객들에게도 미즈하라는 충분히 부담을 느끼는 듯, 실수를 연발해서 초등학생들에게 웃음을 주고 있었다.

"음…… 분하다. 실전까지는 잘할 수 있게 돼 보일 거야."

이를 가는 미즈하라에게, 초등학생들은 "어―, 절대 무리일 것 같아"라며 놀렸다. 그 말을 듣고 미즈하라는 더욱 분발하는 것 같았다.

어쨌든, 의욕이 강해진 것은 좋은 일이라고 생각한다.

주가 바뀌면서, 반에서의 연습도 방과 후에 이루어지게 됐다.

홈룸과 청소가 끝난 후, 교실에 남아 대본 읽기를 한다. 그렇다고 해도 대사가 있는 것은 거의 인어와 어부뿐이었기 때문에, 자연스럽게 잡담이 중심이 되었다.

"야, 아이하라는 도쿄에서 왔지?"

"어, 응."

"도쿄 스카이트리가 지하를 포함하면 666미터라는 것이 사실이야?"

"그건 헛소문이야. 지하가 있는 건 사실인 것 같지만, 666미터라는 건 아닌 것 같아."

"그렇구나. 그럼, 하라주쿠에 가면 연예인이 흔히 보인다는 건 정말이지? 본 적 있어?"

"그건 사실일지도."

"진짜, 진짜? 누구야?"

왠지 모르게 흐름에 타서 나도 반 아이들과 이야기를 했다.

이야기 내용 자체는 하잘것없는 것이었지만, 나름대로 흥이 났다.

"뭐, 그럼 도쿄라고 해도 아이하라가 살던 곳은 사이타마에 가까운가."

"응, 그런 셈이지."

"그래도 아이하라는, 이야기해 보니 재미있네. 좀 더 쌀쌀맞은 사람인 줄 알았어."

"맞아, 아는 것도 많고."

"딱히 이상하지 않은걸."

"그렇지. 얘는 그냥 무뚝뚝할 뿐이니까. 그렇게 신경 써 줄 필요 없어."

"시끄러워."

농담하며 끼어든 니시나에게는 퉁명스럽게 한마디.

어느새, 자연스럽게 반 친구들과 대화를 나누고 있었다.

물론 대화만 나눌 수 있었을 뿐, 친구가 될 수 있었던 것은 아니다. 하지만 그동안 반에서 어쩔 수 없이 붕 떠 있던 것은 무엇이었을까 싶을 정도로, 아무 부담 없이 말할 수 있었다. 어쩌면, 이렇게 될 것도 예상하고 미즈하라는 나를 어부 역으로 추천해 줬을까.

힐끗 옆을 보니, 그녀는 가마쿠라역 앞에 새로 생긴 세련된 카페 이야기로 친구들과 들떠 있는 것 같았다. 아마도 그럴 것이다.

반 친구들의 그룹에 조금씩 녹아들 수 있게 되자, 여러 가지 반의 모습도 알게 되었다.

예를 들면, 이다와 마쓰이는 사이가 좋다. 야마우치와 사토는 사귀고 있다. 다나카는 문과 계통으로 보이지만 안도와 함께 춤을 추고 있다. 니시나는 저렇게 보여도 의외로 성적이 좋다. 반장인 세이노는 등산이 취미이다. 그런 관계성이 조금씩이지만 보이기 시작했다.

그런 가운데, 미즈하라는 역시 반에서도 인기가 많은 듯

했다.

누구에게 평판을 물어도 호의적인 답이 돌아온다. 말하자면 언제나 밝고 건강하며, 주위를 잘 보살피고, 이야기하기 쉽고, 그 자리에 있는 것만으로도 분위기가 밝아진다. 말하자면 끝이 없다. 호감을 가진 남자도 많은 것 같다.

대체로 이미지 그대로였다.

평소 그녀에게서 내가 받는 인상과 거의 다르지 않다.

분명 그녀는 본질적으로, 맑은 여름 하늘과 같이 구김 없는 성질일 것이다.

단지…… 신경 쓰이는 것이 단 하나 있었다.

그것은, 처음 만났을 때 본 미즈하라의 눈물이다.

남의 눈도 거리낌 없이 소리 내어 울던 그녀.

그때의 모습은, 그 이미지들과는 이질적이다.

그건 대체 뭐였을까?

그 대답을, 나는 금방 알게 되었다.

5

그날은 조금 일찍 유이가하마에 도착해 버렸다.

미즈하라는 볼일을 마치고 오는 듯, 조금 늦어진다고

한다. 기다리는 동안 모래사장을 대충 걸었다. 뭔가 재미있는 게 떨어져 있지는 않을지. 보물이 눈에 띄지는 않을지. 모래사장에서는 아래를 내려다보고 걷는 것이 완전히 버릇이 되어 있었다.

이건 산호 조각, 저건 하쓰유키다카라, 서기 있는 것은 유리알(시글라스)이다.

전부 미즈하라가 가르쳐 준 것들이다. 만약 그녀를 만나지 못했다면, 틀림없이 이런 것들에 관심을 가질 일은 없었을 것이다. 그렇게 생각하니, 손안에 있는 작은 하쓰유키다카라가 더욱 빛나는 보물처럼 보였다.

❄❄❄❄

잠시 조개껍데기와 유리조각을 주워 모으며 걷고 있는데, 문득 파도가 치는 곳에 서 있는 사람의 모습이 눈에 들어왔다.

여자아이였다.

초등학교 고학년 정도로, 여름빛을 그대로 옮겨 놓은 듯한 새하얀 원피스를 입고 있었다. 언제나 오곤 하는 아이들의 동료일까? 다치기라도 했는지, 한쪽 다리를 절뚝거리는 것 같았다.

어째서일까.

그 아이를 보고, 인어 같다는 생각이 들었다.

육지 위로 올라가는 대가로 다리를 잃어버린 작은 인어 소녀.

이유는 모르겠지만, 그렇게 생각해 버렸다.

시선을 향한 채 내가 가만히 서 있으니, 여자아이가 다가왔다.

"안녕하세요."

방울을 굴리는 듯한 목소리였다.

"아──, 안녕."

말을 걸 줄은 몰랐기 때문에 황급히 대답하자, 여자아이는 고개를 작게 기울였다.

"뭐 하고 있었어요?"

"응, 보물찾기."

주운 조개껍데기를 보이자, 여자아이는 눈을 반짝였다.

"하쓰유키다카라네요. 예쁘다."

"알아?"

"네, 비치코밍이죠?"

"흠."

이런 작은 아이한테도 침투해 있나? 보물찾기는, 내가 생각했던 것보다 훨씬 메이저한 취미일지도 모르겠다.

"저도 해요. 가족들과 함께 쉬는 날 자주 모래사장에서 여러 가지를 찾고는 했어요. 하쓰유키다카라나 오미나에시다카라, 유리알(시글라스), 성게껍데기나 돌고래의 귀 뼈를 모으거나 주워 둔 것을 써서, 다 같이 조개껍데기 포토 스탠드를 만들기도 했어요."

"그렇구나."

"네. 모래사장에 있는 것들은 모두 바다의 신이 주신 멋진 보물들이죠. 아, 하지만 가장 좋아하는 것은 오토메다카라일지도 몰라요."

"오토메다카라……."

"좀처럼 발견되지 않지만요……. 왜냐하면 오토메다카라는, 인어의 눈물이잖아요. 멋지지 않아요?"

신기한 느낌이었다.

처음 만나는 상대일 텐데, 왠지 그런 기분이 안 든다. 마치 꽤 오래전부터 알고 지내온 사이처럼 이야기가 무척 잘 오갔다.

"너는 이 근처 아이니?"

내가 그렇게 묻자, 여자아이는 고개를 갸우뚱했다.

"음―, 그렇다고 할 수도 있고, 그렇지 않다고 할 수 있을지도 몰라요."

"?"

잘 모르겠다.

예를 들어 이 근처에 친척 집 같은 게 있어서, 놀러 오거나 한다는 뜻일까.

"저는…… 여름을 돌고 있어요."

"여름을……?"

"네. 빙글빙글."

점점 더 모르겠다.

혹시, 나를 놀리고 있는 걸까.

"저기, 그게 무슨——"

다시 고개를 돌려 보니, 여자아이의 모습은 보이지 않았다.

마치 바다에 녹아 거품이 되어 버린 것처럼, 단지 거기에는 젖은 모래와 밀려오는 파도가 있을 뿐이었다.

"꿈이라도 꾸고 있었나……."

그리고 잠시 후, 미즈하라가 찾아왔다.

서둘러 왔는지, 조금 지친 얼굴로 조그맣게 어깨를 들썩이며 숨을 몰아 쉬었다.

"미안, 늦어서."

그 모습이, 왠지 닮은 것 같은 느낌이 들었다.

조금 전까지 거기 있던, 인어 같았던 여자아이와 미즈하라.

말투나 나이는 전혀 다르지만, 웃는 얼굴 사이에 보이는,

어딘가 먼 곳을 보고 있는 듯한 표정이 공통된 것 같다고 생각했다.

"저기, 나쓰는 언니나 동생이 있어?"

"무슨 일이야, 갑자기. 없어. 나 외동이니까."

"그렇구나."

혹시 미즈하라의 여동생이 아닐까 했지만, 아니었던 것 같다.

그렇다면 닮은 것 같다고 생각했던 것은, 분명 다른 사람이 우연히 닮은 것이거나 내 기분 탓일 것이다. 그렇게 생각하기로 했다.

❄❄❄❄

그날 연습은 왠지 잘 풀리지 않았다.

미즈하라가 아무래도 집중력이 떨어지는 모양인지, 대사 실수를 반복했다.

"뭔가 상태가 안 좋은가 봐."

"미안……."

"괜찮아. 그런 날도 있지."

어쩐지 공기가 가라앉아 있는 것 같았다. 어딘가 무거워서 몸을 짓누르는 것 같은 느낌이 든다. 오늘따라 분위기를 띄워 주던 초등학생들도 찾아오지 않는다.

파도 소리가 조용히 울리고 있었다.

휘몰아치는 바닷바람도 없어 후덥지근하다. 휴식을 취하기 위해, 우리는 근처에 있는 유목에 걸터앉았다. 울퉁불퉁한 느낌이었지만, 잠시 앉아 있기에는 더할 나위 없었다.

마치 우리 주위만 세상과 분리된 것 같았다.

조용하고 인기척이 없어, 그저 파도가 모래 씻는 소리와 솔개가 우는 소리만 작게 울리고 있었다.

밀려왔다가 물러가는 파도가 일곱 번쯤 반복되었을 즈음, 이윽고 미즈하라가 입을 열었다.

"……오늘 말이야, 여기 오기 전에 할머니한테 들렀다 왔어."

"하쓰 씨?"

"응."

미즈하라가 조그맣게 고개를 끄덕인다.

어깨까지 닿는 머리카락이 살랑 흔들리고, 비누 향이 풍겼다.

"조금 전달해 줄 게 있어서. 그때 인어 연극을 한다고 이야기를 했어. 그랬더니, 문화제에 올 수 있을 것 같대."

"그래? 잘됐네."

미즈하라가 인어 역할을 자청한 것은 하쓰 씨 때문이다.

전에 물었을 때는 올 수 있을지 모르겠다고 했는데, 이제 안심하고 실전에 임할 수 있을 것이다.

"……"

"……나쓰?"

"…………"

보니 미즈하라는 자신의 어깨를 작게 떨고 있었다.

두 손을 꼭 쥔 채 고개를 숙이고, 가만히 바다와 모래사장 사이의 경계선에 눈을 떨어뜨리고 있다. 그 표정은 아무래도 기뻐하고 있는 것으로 보이지는 않았다.

이윽고 미즈하라는, 목구멍을 쥐어짜듯 말했다.

"……할머니 말이야, 얼마 안 남았대."

"응……?"

"건강해 보이지만, 천천히 쇠약해져 가고 있대……. 그날 아이하라와 처음 만났던 날 있었지? 그날 말이야, 병원 선생님들이 얘기하는 걸 들었어. 체력이 떨어지고 있어서, 이번 여름을 넘기는 게 고작일 거라고……."

담담한 어조였다. 그것은 침착하다기보다도, 굳이 그렇게 함으로써 그 사실을 스스로에게 되뇌는 것 같았다.

"……어렸을 때부터, 가장 가까이 있어 준 사람은 할머니였어. 자전거 타는 법을 가르쳐 준 사람도, 책가방을 골라준 사람도, 인어 이야기를 들려준 사람도, 모래사장에서 보물찾기를 가르쳐 준 사람도 모두 할머니였어. 나는 할머니가 너무 좋아서, 앞으로도 계속 같은 시간을 보내고 싶다고 생각하고…… 그렇게 될 거라고 믿었어. 하지만 이제 만날 수 없게 될지도 모른다고……."

"……."

"……다 거짓말이었으면 좋았을 텐데. 지금 이 현실은 인어가 꾸고 있는 꿈이고, 눈을 뜨면 전부 없던 일로 되어 있다면……."

내 가슴팍에 미즈하라의 얼굴이 파묻혔다.

"나쓰……."

"미안……. 도오루에게는, 뭔가, 이런 것만 보여 주는 것 같네."

미즈하라의 눈물은 반짝반짝 투명했다. 그야말로, 그대로 파도의 요람에 씻겨 오토메다카라가 되어 버릴 정도로.

얼마나 그랬을까.

"……음, 약한 소리 타임, 끝."

내 앞가슴에서 조그맣게 고개를 흔든 뒤, 미즈하라는 천천히 고개를 들었다.

"우중충한 이야기를 하고 싶었던 게 아니야. 오히려 그 반대야. 할머니에게 인어 연극을 보여 줄 수 있는 기회가 생겼어. 그 기회를 놓쳐서는 안 돼. 그러니까…… 반드시 성공시켜 보이겠다고, 그렇게 결정했어. 그게 지금의 내 '소원'. 하지만 그건 인어가 이루어 주는 것이 아니라, 자신의 힘으로 실현시키는 '소원'이야."

단호하게 그렇게 말했다.

그녀의 강함에 놀랐다.

사실 슬프고 불안해서 어쩔 수 없을 텐데, 그것에 삼켜지지 않도록 의연하게 서 있다.

그런 그녀가 눈부시게 보이는 한편, 매우 쓸쓸해 보였다.

"게다가 아직 몰라. 어쩌면 의사의 진단이 정확하지 않았을 수도 있고, 할머니는 서프라이즈를 좋아하니까, 다시 회복할 수도 있어. 내가 할머니 또래가 될 때까지 함께 있어 줄 수 있을지도 몰라. 세상에 일어날 수 없는 일 같은 건 없잖아. ──마치 '7월의 눈'처럼."

"'7월의 눈'……?"

생소한 말이었다.

'7월'과 '눈'이라는 단어가 머릿속에서 곧바로는 연결되지 않는다.

"옛날에 책에서 읽었어. '깊은 정적 속에 내리는 것은 7월의 눈. 기적처럼 하얗고 희유한 결정은, 당신을 생각하는 나의 소원이 돌고 도는 것'이라니, 멋지지 않아?"

"하지만, 7월에 눈이라니……."

평범하게 생각하면 그런 일은 있을 리가 없다.

그러자 그녀는 고개를 흔들며 내 말을 가로막았다.

"있어. 7월에 내리는 눈은 있어."

그리고, 내 눈을 똑바로 바라보며 이렇게 말했다.

"──언젠가 너에게, '7월의 눈'을 보여 줄게."

❉❉❉

그녀는 강한 사람이었다.

강하고자 하는 사람이었다.

본래 그녀는 특별히 강하지도 않고, 울보에 어리광 부리고 싶어 하는, 어디에나 있는 평범한 여자아이였는데.

분명 이때도, 마음속 깊은 곳에서 필사적으로 견디어 내고 있었을 것이다.

사실은 소리 높여 울어 버리고 싶었던 게 틀림없다.

하지만 그녀는, 그런 내색은 거의 보이지 않았다.

내가 그녀의 눈물을 본 건, 아마 이때를 포함해 한 손으로 꼽을 정도였다고 생각한다.

처음 그녀와 만났을 때, 하쓰 씨가 돌아가셨을 때, 함께 살지 않겠느냐고 고백했을 때, 그리고…… 내가 자라온 과정을 듣고, 꼭 안아 주었을 때.

그렇기에, 그녀의 눈물은 투명할 만큼 아름다웠다.

'7월의 눈'처럼.

✳✳✳

6

그렇게, 칠석제 당일이 찾아왔다.

아침부터 학교 안은 북새통이었다. 교정에는 학생들이 직접 만든 포장마차가 잔뜩 늘어 섰고, 학교 건물 안에는 플라네타륨이나 귀신의 집, 거울의 집 등 다양한 등 다양한 볼거리가 교실마다 마련되었다.

연극은 오후 2시부터 체육관에서 상연하기로 되어 있었다.

우리는 준비를 위해서, 한 시간 전부터 무대 뒤에 모여 있었다.

"음, 저기 대사는 슬픔의 감정을 강하게 내는 부분이고, 그 다음은 놀라움을 많이 드러내야 하니까…… 아, 이, 인어 의상 준비는 됐어?"

미즈하라가 안절부절못하는 모습으로 그렇게 말한다.

"나쓰, 그거 묻는 거 다섯 번째야."

"그, 그래?"

만담처럼 주고받는 우리.

그걸 보고 걱정 됐는지 니시나가 말을 걸어온다.

"괜찮아? 미즈하라, 왠지 얼굴이 창백한 것 같은데."

"……아마도. 랄까. 어쩌면 틀림없이……."

"불안함만 느껴지는 대답이군, 이봐……."

나도 괜찮다고 생각하고 싶다. 그만큼이나 연습을 해 왔고, 울렁증에 대한 대책도 몇 가지 생각해 보기는 했다.

하지만, 눈앞에서 강아지처럼 안절부절못하는 미즈하라를 보고 있으면, 아무래도 걱정이 된다. 아까부터 무대 양 끝을 어슬렁어슬렁 왔다 갔다 하고 있고, 뭔가 대처법이 여러 가지 뒤섞인 듯, 손바닥에 잭 오 랜턴이라고 써서 삼키고 있었던 것 같기도 하다. 못 본 걸로 하기로 했지만.

우리 주변에서는 반 친구들이 바쁘게 돌아다니고 있었다. 대도구 담당에 음향 담당, 메이크업 담당에 소도구 담당, 거의 모든 반 친구들이 이 자리에 모여 있다. 주연에 입후보할 마음은 없었어도, 이래저래 모두 연극 자체에는 협조적이었다. 고등학교 3년 동안의 마지막 문화제라는 것도 있어,

애착이 가는 것이라고 생각한다. 전학 온 지 얼마 안 된 나에게는 그렇게까지 강한 마음은 없다. 하지만 그런 반의 분위기를 피부로 느끼고 있어서, 반드시 이 연극을 성공시키고 싶다고 생각했다.

이윽고 개막 시간이 지나고, 스피커에서 안내 방송이 울려 퍼진다.

〈그럼 지금부터 3학년 1반의 연극, '인어의 꿈'을 시작하겠습니다.〉

"시작한다……."

"괜찮아. 연습한 대로만 하면 분명 잘될 거야."

"으, 응."

미즈하라가 크게 고개를 끄덕인 것과 동시에, 연극이 시작됐다.

인어 이야기는, 어부가 과거를 회상하는 데서 시작한다.

병상에 누워 지금 막 천수를 다하려는 어부가, 예전에 자신의 소원을 이루어 준 인어에 대해 떠올린다.

"그건 분명, 바다가 동화처럼 파랗게 빛나는 밤이었어."

무대 끝에 올라가 대사를 낭독한다.

체육관에는 그럭저럭 관객이 들어와 있었다. 좌석의 70%

정도가 차 있는 것으로 보아, 문화제 연극으로써는 훌륭한 편일 것이다. 그 한쪽 구석에, 휠체어를 탄 하쓰 씨의 모습이 있는 것도 확인했다.

장면은 어부의 독백에서 당시의 정경으로 바뀌고, 그리고 인어가 등장하는 장면으로 나아간다.

"이런, 거기 그물에 걸려 있는 건 무엇일까?"

어부의 그물에 걸린 인어.

푸른빛 연출과 함께 미즈하라가 무대 중앙에 모습을 드러낸다. 객석이나 무대 양 끝에서 환호성이 날아왔다.

시작은 문제없었다.

조금 표정이 굳어 있기는 했지만, 대사가 날아가거나 동작을 실수하는 일은 없었고, 미즈하라는 인어 역할을 능숙하게 해내고 있었다.

바다 밑바닥에서 나타나는 장면. 그물에 걸려 괴로워하는 장면. 도와 달라고 간청하는 장면. 특별히 실수는 보이지 않았다.

이윽고 장면은 진행되어, 중반의 클라이맥스가 된다.

이곳은, 인어가 어부의 소원을 이루어 주는 중요한 장면이었다.

클라이맥스인 만큼 대사가 길어, 여러 차례 연습을 거듭해 온 장면이다.

연습에서는 문제없이 통과할 수 있었다. 혀를 깨물 것 같은 긴 대사를, 겨우 두세 번 각본을 훑어본 것만으로, 미즈하라는 완벽하게 외웠다. 내가 칭찬하자, "인어 이야기는 할머니 덕분에 대충 기억해서 그래"라고 하면서도, 조금은 쑥스러운 표정을 짓고 있었던 게 인상적이었다.

"…………"

그런 미즈하라가, 입가에 손을 댄 채 무대 중앙에 멍하니 서 있다.

움직임을 완전히 멈추고, 시선이 미덥지 않게 허공을 헤매고 있다.

보자마자, 대사를 잊어버렸다는 걸 알았다. 필사적으로 생각해 내려는 것이겠지만, 멍한 모습으로 그저 입만 뻐끔뻐끔할 뿐이다.

"야, 뭔가 미즈하라, 상태가 이상하지 않아?"

무대 끝에서 니시나가 그렇게 외치는 게 귀에 들렸다.

어떻게 하지?

미즈하라 쪽으로 눈을 돌리지만, 그녀가 회복할 기색은 없다.

이변을 짐작해서인지, 관객들이 조금씩 웅성거리기 시작했다.

이 이상의 침묵은, 역시 곤란하다.

나는 의상의 주머니에 손을 넣었다.

"──조건?"

"응."

미즈하라의 말에, 나는 고개를 끄덕였다.

"울렁증 대책으로, 뭔가 조건을 붙이면 좋다고 해. 이걸 해 놓으면 긴장하지 않아. 긴장해도 이걸 보면 긴장이 풀려. 그런 무언가를 정해 놓으면 유효하대. 징크스라고 할까, 루틴에 가까운 것도 있는 모양이야."

"그래?"

"응."

그러자 미즈하라는 틈을 두지 않고 이렇게 말했다.

"응, 그럼 나, 도오루를 조건으로 할게."

"어?"

"내가 만약 실전에서 실수할 것 같으면, 도오루가 뭔가 조건을 달아 눈을 뜨게 해 주겠어? 물론 스스로도 몇 가지는 생각해 보겠지만……, 그런 걸 떠올릴 여유가 없을지도 모르니까."

그건 확실히 그 말대로였다. 이때다 싶을 때 순간적으로 조건부 행동을 할 수 있을 정도로 침착하다면, 애초에 울렁증이 오지도 않을 것이다.

"알았어. 뭔가 생각해 볼게."

내가 그렇게 대답하자, 미즈하라는 두 손을 얼굴 앞에 모으고 깊이 고개를 숙였다.

"부탁이야. 믿고 있을게."

"──이 조개껍데기를 귀에 갖다 대면 되나?"

정신을 차리고 보니, 그 대사가 입에서 나오고 있었다.

"소리가 들린다. 바다 밑바닥에서 울리는 듯한, 낮고 신비로운 소리. 이건 뭐냐?"

무대 끝에서 니시나와 다른 아이들이 속삭이는 것이 들렸다.

"야, 저런 장면이 있었냐?"

"어, 어땠더라……?"

"모르겠어……."

없다. 라고 할까, 사용하고 있는 것은 가지고 온 그때의 소라이고, 완전히 애드리브다.

하지만 나는 계속했다.

"어디선가 들어 본 듯한, 그리운 소리야. 이 소리는 마치"

"……."

"이 소리는 마치…… 조개껍데기가 노래하고 있는 것 같군."

"아……."

그 한마디로 미즈하라의 눈에 빛이 돌아왔다.

정신이 번쩍 든 듯, 붕붕 머리를 흔들었다.

그리고 크게 숨을 들이마시고, 곧장 객석 쪽으로 돌아섰다.

"──목숨을 구해 주셔서 감사합니다. 상냥하신 분. 이 은혜는 결코 잊지 않겠습니다. 감사의 마음으로, 이 조개껍데기를 귀에 대면, 당신의 소원을 하나만 이루어 드리겠습니다."

낭랑한 목소리로 대사를 재개했다.

그걸 본 무대 끝의 니시나와 반 친구들이 후우 하고 가슴을 쓸어내리는 기색이 무대 위에까지 전해져 왔다.

이제 괜찮아진 것 같았다.

"정말, 소원을 이루어 준다는 말인가?"

"네. 다만 앞으로 일어날 일에 대해서는 간섭할 수 없어요. 과거에 일어났던 일에 관한 것이라면, 이루어 드리지요."

"그럼 이 상처를 없애 줘. 상처를 입지 않았던 인생을 나에게 줘."

"알겠습니다."

인어가 고개를 끄덕이고, 무대 위가 푸른빛에 휩싸인다. 마치 염료가 녹아든 것 같은 새파란 빛. 이윽고 무대를 뒤덮었던 빛이 수습되자, 어부는 상처를 입기 직전의 시간으로 거슬러 올라가 있었다.

"이것은······."

배의 자재 보관소였다. 당황하는 어부의 눈앞에서, 세워져 있던 재목이 무너져 내렸다. 이것에 깔려 어부는 다리를 크게 다치는 것이다. 어부는 순간 땅에 굴러 그것을 피했다. 발포 스티로폼으로 된 재목이 무대에 흩어져 있다. 재목 몇 개는 육지에 올라와 있던 다른 어부들의 배 위로 쏟아져 몇 척을 부수어 놓았다.

"살았나······."

문득 정신을 차려 보니 어부는 푸른 밤으로 돌아와 있었다.

꿈이라도 꾸고 있었을까. 그러나 다리에 있던, 그 보기도 싫었던 커다란 상처는 깨끗이 사라지고 없었다.

"오, 이게 무슨 일인가. 꿈이 아니었는가?"

보니, 그물에 사로잡혀 있었을 아름다운 인어의 모습도, 어느새 사라지고 없었다.

과연 어부의 몸에 일어난 일은 무엇이었을까.

어부가 꾼 꿈이었을까, 아니면 정말로 인어가 소원을 이루어 준 것이었을까, 아니면 다리에 상처를 입었다는 것 자체가 어부의 망상이었을까?

상처가 없어지고 원래대로 고기잡이를 할 수 있게 된 어부는, 아름다운 여자를 신부로 맞아 행복한 여생을 보냈다고 한다.

객석에서 큰 박수가 울려 퍼지고 있었다.

신부 역할도 겸했던 미즈하라와, 나란히 무대 중앙에서 그 갈채를 받는다.

객석 뒤쪽으로 하쓰 씨의 모습이 보였다. 하쓰 씨는 그 상냥한 얼굴에 미즈하라와 닮은 미소를 지으며, 이쪽을 향해 조용히 손을 흔들고 있었다. 미즈하라도 그걸 깨닫고, 크게 손을 흔들었다.

두 사람 모두 좋아 보였다.

그 따뜻한 모습을 보고, 나도 조금이지만 행복한 기분이 들었다.

이렇게 연극은 무사히 성공으로 끝을 맞이했다.

7

교정에서는 캠프파이어가 눈부시게 빛을 발하고 있었다.

곳곳에 비치된 스피커에서는 느긋한 음악이 흘러나오고, 교정 곳곳에서는 학생들이 마음껏 수다로 꽃을 피우기도 하고, 음악에 맞춰 리듬을 타기도 하고, 주스로 건배를 하기도 했다.

후야제였다. 이 학교에서도 으레 그렇듯, 본행사가 끝난 후에 학생 주최의 후야제가 있는 것이다.

"휴—, 끝났네."

힘차게 타오르는 캠프파이어 불을, 나는 미즈하라와 둘이서 옥상에서 내려다보고 있었다. 옥상은 출입 금지인데, 왠지 미즈하라가 열쇠를 가지고 있었다. 어디서 났는지 묻자 "그건 기업 비밀이야"라며 장난스러운 미소를 지었다. 미즈하라에게는 의외로 이런 점이 있다. 높은 위치에서 보면 캠프파이어는 마치 커다란 화톳불처럼 보였다.

"그래도 무사히 끝나서 다행이야. 할머니도 좋아하신 것 같고."

"나쓰가 망가진 로봇처럼 굳어졌을 때는 어떻게 되나 했는데."

"으으, 그건 말하지 마—. 정말 머릿속이 새하얗게 돼서, 와— 하고 말았다니까."

미즈하라가 절레절레 고개를 흔들었다.

"그래도 도오루가 있어 줘서, 정말 다행이었어. 오늘의 수

훈상은 도오루야."

"그렇지 않아. 나는 별짓 안 했어."

그저 소라를 가져 와서, 애드리브 대사를 조금 했을 뿐이다.

열심히 한 건, 역시 미즈하라라고 생각한다.

하지만 그 말을 들은 미즈하라는 고개를 홱홱 옆으로 저었다.

"그렇지 않지 않아. 도오루가 도와줘서 다 잘된 거야. 첫 번째는 도오루."

"그렇지 않지 않지 않아. 나쓰가 열심히 노력한 덕분이야."

"아니, 않지 않지 않지 않아."

"않지 않지 않지 않지 않아. 나쓰가――"

"않지 않지 않지 않지 않지 않아. 도오루가――"

미즈하라도 양보하지 않는다.

"그럼 소라 덕분이야."

나는 그렇게 말했다.

"응? 음―, 그건 그럴지도 모르지만……."

"그거면 됐잖아."

"응―?"

미즈하라는 별로 납득하지 못하는 것 같았지만, 그런 걸로 해 두자.

남쪽에서 바람이 불었다.

학교 건물이 있는 고지대는 바다에서 그리 떨어져 있지 않아, 약간 바다 냄새가 느껴진다. 마치 유이가하마에 있는 듯, 착각할 만한 냄새가 났다.

문득 정적이 찾아왔다.

대화 사이의 에어포켓 같은 고요함. 스피커에서 흘러나오는 음악이 순간 멈추고, 교정의 함성이 무성영화처럼 지워진다.

미즈하라는 머리카락을 휘날리며 교정을 바라보고 있었다.

그 옆얼굴이 달에 비쳐, 희미하게 백은색으로 빛나고 있는 것처럼 보였다.

예쁘다고 생각했다.

이대로 계속 보고 있고 싶다고 생각했다.

그녀의 존재가, 어느새인가 내 안에서 더없이 커져 있었다는 것을 비로소 깨달았다.

여기 오기까지 했던, 니시나와의 대화가 되살아난다.

"야, 후야제는 어떻게 할 거야?"

"후야제?"

"아, 너는 몰랐구나. 있어, 이다음에."

대도구를 정리하면서, 니시나가 이쪽을 본다.

특별히 예정은 없었다. 하지만 미즈하라와 함께 지냈으면 좋겠다고 막연히 생각했다.

"미즈하라랑 어디 가는 거야?"

마치 내 마음을 꿰뚫어 본 듯한 니시나의 대사에, 나도 모르게 가슴이 철렁 내려앉는다.

"모르겠어. 약속은 안 했고."

"흠, 뭐 약속 같은 건 필요 없지 않아? 이런 건, 왠지 모르게 서로 눈빛으로 어떻게든 돼 버리는 거잖아."

"그런 건 너 정도 아냐?"

이렇게 보여도 이 녀석은 여자한테 꽤 인기가 많다. 특정한 상대는 없는 것 같지만, 몇몇 여학생들과 친하게 이야기하고 있는 모습을 몇 번인가 본 적이 있다.

"좋아하지?"

"어?"

문득 니시나가 말했다.

"뭐야, 그 얼굴. 미즈하라 말이야. 아니야?"

"그건……."

말문이 막혔다.

여름처럼 웃고 있는 미즈하라, 토라져 뺨을 부풀리고 있는 미즈하라, 기쁜 얼굴을 하고 있는 미즈하라, 그리고…… 내

가슴 안에서 눈물을 흘리고 있는 미즈하라.

　이 보름을 돌이켜 보면 그녀의 모습만이 떠오른다.

　"아니……지 않을……지도."

　그렇구나, 나는 미즈하라를…… 좋아하는구나.

　이런 일은 지난 18년간의 인생을 통틀어 처음이었기 때문에, 이렇게 지적받기 전까지는 잘 몰랐다.

　"으이그, 스스로 깨닫지 못했냐? 뭐, 너답다고 하면 너답지만."

　니시나가 어이없다는 듯이 그렇게 말했다.

　"──나는, 나쓰가 좋아."

　마치 여기서 그렇게 말하기로 미리 정해져 있었던 것처럼, 정신을 차리고 보니 그 말이 저절로 내 안에서 나왔다.

　"언제부터였는지는 모르겠어. 정신을 차리고 보니 좋아하고 있었어. 앞으로도, 가능하다면 나쓰와 함께 같은 시간을 보내고 싶다고 생각해. 그러니까, 사귀어주지 않을……래?"

　고요함의 에어포켓은 아직도 건재했다.

　내 말이 공기에 녹아, 정적이 더 강하게 귀에 키잉─하는 소리를 울린다.

　말하고 나서 갑자기 부끄러워졌다.

도대체 나는 뭘 하고 있는 거야. 후야제에서 캠프파이어를 바라보며 고백이라니, 이런 건 너무도 진부하다. 옛날 청춘 영화도 아니고.

하지만, 내가 한 말은 거짓이 아니다.

미즈하라와 함께 있고 싶다고 생각하는 소원은…… 틀림없는, 내 마음에서 나온 진심이다.

낯간지럽지만 어떠한 결의가 뒤섞인 복잡한 마음으로, 나는 그녀의 대답을 기다렸다.

"……."

미즈하라는 고개를 숙이고 있어서, 표정은 보이지 않았다.

마치 일 분이 한 시간이라고 생각될 만큼 긴 간격.

미즈하라의 입에서 나온 것은 뜻밖의 말이었다.

"저……, 도오루."

"?"

"저기, 지금 가고 싶은 곳이 있는데, 괜찮아?"

후야제를 빠져나와 미즈하라가 향한 곳은, 유이가하마였다.

가마쿠라 해변공원 근처에 있는, 유이가하마 중에서도 서쪽에 가까운 장소다.

생각해 보면, 밤에 이 근처에 온 건 처음인 것 같았다. 어둡고 고요해진 인기척 없는 모래사장은, 낮과는 또 다른 분위기로 거기에 있었다.

"어디로 가는 거야?"

"……."

미즈하라는 대답하지 않았다.

그냥 묵묵히 내 손을 끌고 모래 위를 걸었다.

이윽고 어느 장소에서 걸음을 멈추고 말했다.

"여기야."

그리고 도착한 곳.

"아……."

거기서 나도 모르게 할 말을 잃었다.

눈앞에 있는 광경에, 말 그대로 숨을 삼켰다.

──파란색이었다.

그곳에 있었던 건, 압도적일 만큼의 푸른색. 마치 바닷속에 여러 개의 푸른색 유리 보석이 녹아 있는 것처럼, 바다가 푸르게 빛나고 있었다. 끊임없는 명멸. 달 색깔도, 공기 색깔마저도, 여기서는 어딘가 푸르다. 하늘과 땅을 선명한 색채로 채워, 너무나도 맑게 갠 밤이 넓게 펼쳐져 있었다.

"······예쁘지? 도오루에게 이걸 보여 주고 싶었어."

미즈하라가 그렇게 말했다.

"'인어의 해변'이라고 불러. 여기는 마치 그 이야기에 나오는 인어와 어부가 만난 해변 같으니까. 이거 다 야광충이래. 야광충이 몇 천, 몇 만이라는 수가 모여서, 이런 광경을 연출한다는 얘기야."

"야광충······."

분명 플랑크톤의 일종이다. 파도 등의 자극에 반응해 발광하는 습성이 있다는 건 알고 있었다. 하지만 그것이 이렇게까지 신비로운 광경이 될 줄은, 생각도 못 했다.

"틀림없이, 인어가 어부와 만났던 푸른 밤도, 이렇게 멋진 밤이었을 거야."

미즈하라가 시선을 바다 쪽으로 돌렸다.

"소리 없이 투명하고 조용한 밤에, 세상이 파랗게 물들고, 그리고 그 안에서 인어는 소원을 이루어 줘. 이 파란색은 소원이야. 많은 사람의 소원이 모여서, 그것들이 성취되기를 바라며 푸르게 푸르게 빛나고 있어. 사람들의 생각과 마음이 서로 녹아 모여서 생긴 것. 왜냐하면, 그렇지 않으면 이렇게 예쁜 게 설명이 안 돼."

그건 그 말대로일지도 모르겠다.

물론 저 빛의 근원이 플랑크톤의 모임에 지나지 않는다는 것은 알고 있다. 하지만 눈앞에 펼쳐진 바다의, 오로라라고도 부를 수 있을 듯한 아름다운 광경에는 그런 이치를 뛰어넘는 무언가가 있었다.

"있지, 도오루. 그 인어 이야기 말인데, 실은 후일담이랄까, 일화가 있는 거 알아?"

미즈하라가 이쪽을 돌아보았다.

"어부의 소원을 이루어 준 인어는 사라져. 상처가 없어진 어부는 일로 돌아가고, 나중에 아름다운 여자를 신부로 맞이하는데, 그 어부의 신부가 된 여자가, 실은 그 인어가 인간이 된 모습이 아닌가 하는 말도 있대."

"인어가 인간으로……."

"응. 인어는 어부를 사랑하고 있었고, 자기 자신을 위해 소원을 빌었고, 인간이 되었다. 그리하여 어부의 신부가 되기 위해 찾아왔다. 사실은 어떤지 모르겠지만, 그게 더 멋지다고 생각하지 않아?"

파도 사이의 푸른빛이 조금 더 강해진 것 같았다. 미즈하라 말대로 진실은 알 수 없다. 하지만 그랬으면 좋겠다는 생각이 드는 이야기였다.

"그렇구나. 응, 그렇게 생각해."

내가 그렇게 말하자, 미즈하라는 만족스러운 듯 고개를 끄덕였다.

그리고 무언가를 결심한 듯 두 손을 꼭 잡더니, 새삼스럽게 내 얼굴을 보았다.

"그래서, 있잖아."

"응?"

"이야기가 좀 돌아오긴 했지만, 나, 나도 그……"

"……"

"저어……."

왜 그럴까. 보기 드물게 시원시원함이 없다.

고개를 갸우뚱하고 있는데, 결심한 듯 미즈하라가 목소리를 냈다.

"나, 나도, 그, 인어가 되고 싶다고……."

"? 누군가의 소원을 이루어 주는 존재가 되고 싶다는 거야?"

"어?"

"그렇지 않으면, 물고기처럼 자유롭게 바다를 누비고 싶다든가?"

그렇게 대답하자, 미즈하라는 오만상을 찡그린 표정이 되었다.

"어, 어떻게 그런 결론이 나와! 둔해, 너무 둔해! 모, 모처럼 멋진 장소를 골라 재치 있는 표현으로 대답을 했는데!"

"어, 그래도"

"내가 말하고 싶은 건, 신부가 되었다는 부분이야!"

"……"

미즈하라가 말하는 내용을 이해하기까지, 몇 초가 걸렸다.

어, 그러니까…….

겨우 전해진 말의 의미를 곱씹고 미즈하라의 얼굴을 보니, 어둠 속에서도 알 수 있을 정도로 새빨갛게 달아올라 있었다.

지금까지 본 그 어느 때보다도 훨씬훨씬 더 빨갛고, 그리고 훨씬훨씬 더 사랑스럽다.

사태를 받아들이는 것이 고작인 나에게, 미즈하라가 "그, 그런 이유로"라고 운을 떼고는 이렇게 말했다.

"음, 나, 여러 가지로 귀찮은 구석도 있어서, 어쩌면 폐를 끼칠지도 모르지만……, 잘 부탁해요."

"아, 잘 부탁드립니다."

황급히 그렇게 대답했다.

이날부터 우리는 사귀게 된 것이었다.

8

세상의 색깔이 바뀐다는 말이 있는데, 그것은 정말 극적이었다.

미즈하라── 그러니까 나쓰와 함께 있게 되면서, 나는 그것을 오감의 전부로 실감했다.

나쓰와 여러 가지 일을 했다.

여름방학이 되어서도 매일같이 둘이서 만났다. 둘이서 숙제를 하고, 보물찾기를 하고, 해수욕도 갔다. 나는 모래에 파묻힌 채, 나쓰가 그 위에 이상한 무늬를 그리는 걸 보았다. 어이없어 하는 표정이 되는 나를 보고, 나쓰는 배를 끌어안고 이상하다는 듯 웃고 있었다. 그대로 저물어 가는 석양을 함께 바라보며, 인어의 해변에서 푸른 밤을 공유했다.

가을에는 함께 하세데라의 단풍을 보러 가고, 피크닉도 갔다. 가을의 가마쿠라는 볼거리가 많아서 둘러보고 싶은 곳이 많이 있었다. 가마쿠라 문학관, 고토쿠인의 대불, 고마치 거리의 뒷길에 있는, 마치 은신처 같은 노포 카페. 매일같이 어딘가에 가고, 같은 시간을 보냈다. 또 10월은 나쓰의 생일이 있어서, 당일은 둘이서 축하도 했다. "이름이 나쓰인데, 태어난 건 가을이야"라며 나쓰는 쓴웃음을 지었다. 내가 선물로 작은 목걸이를 줬는데, 그녀가 목에 걸고 좋아해 준 건 지금도 기억하고 있다.

크리스마스에는 둘이서 화려한 조명을 바라보며 선물교환

을 하고, 섣달그믐날에는 TV 앞에서 함께 카운트다운을 했다. 새해는 쓰루오카 하치만구에서 사람들에게 짓눌리면서도 첫 참배를 했다. 함께 그림 액자도 봉납했다. 발렌타인데이와 화이트데이에는 당연히 초콜릿과 쿠키를 주고받았다.

여러 가지 일이 있었다.

즐거운 일도 있었고, 힘든 일도 있었고, 슬픈 일도 있었다.

하지만 나쓰와 둘이었기 때문에, 그것들을 모두 극복할 수 있었던 것 같다.

나에게 나쓰가 이 세상에서 가장 소중한 존재가 되는 데는, 그다지 시간이 걸리지 않았다.

이렇게 한 해가 끝나고.

우리는 고등학교를 졸업했다.

✳✳✳

그날── 내 세상의 색깔은 확실히 변했다.

선명하고 강렬하게 빛나던 푸른빛을 받으며, 그때까지 어딘가 빛바랜 내 하루하루는, 선명하게 물들었다. 그 고등학교 3학년 때의 만남으로부터, 대학의 마지막 여름까지는, 확실히 내 인생에서 가장 충실했을 때였다고 생각한다.

언제나 그녀는 내 곁에 있어 주었다.

내 곁에서 아무렇지도 않은 하루하루를 함께 보내고, 웃고, 화내고, 울어 주었다.

만약 '소원'을 이룰 수 있다면.

그런 건 이미 정해져 있다.

그날, 그때로 돌아가서…… 그녀를 구한다.

그것 말고는, 나에게 '소원'이란 없다.

해수면으로 시선을 되돌리자, 바닷속은 섬뜩할 정도로 푸르게 빛나고 있었다.

푸른색은 죽음의 색이라고도 한다. 생물은 항상 미약한 빛을 발하며, 죽을 때 푸른 형광색을 발한다고.

그것들이 과연 정말로 소원이 모인 것인지, 아니면 단지 플랑크톤의 발광 현상인지는 알 수 없다. 알 수 없고, 아무래도 상관없다.

다만, 거기에는 푸른색이 있다.

나쓰가 인어의 기적이라고 말하며, '소원'을 이루어 주는 상징이라고 믿었던 푸른색이.

휘청휘청, 이끌리듯 바다로 걷기 시작한다.

7월의 바다도, 마치 그 빛깔에 이끌린 듯 밤은 차가웠다.

그 푸른빛에 감싸여, 내 의식은 과거로 돌아갔다.

❋❋❋

막간 ① 돌아가는 여름

✳✳

눈앞에는 푸른 바다가 펼쳐져 있었다.

유이가하마의 '인어의 해변'이라고 우리가 부르던 곳.

마치 동화처럼, 밤의 어둠 속에서 야광충의 푸른빛이 눈부시게 빛나고 있다.

여기 이렇게 찾아온 게 몇 번째일까.

그날, 이 세상에서 가장 소중한 존재를 잃고 끝이 없는 실의에 빠진 이후로, 이미 셀 수 없을 정도로 여러 차례 찾아오고 있다.

이 푸른 밤에 '소원'을 이루어 준다는 '인어의 해변'을.

나는 저것을 '소원'이라고 믿는다.

저 신비로울 만큼 푸른빛은, 많은 사람들의 '소원'이 모여서, 빛으로 승화한 것이라고. 왜냐하면 그렇지 않다면…… 저렇게 아름답게 빛날 리가 없다.

내 '소원'은 단 하나다.

이루어졌으면 하는 마음속 깊은 '소원'. 그것은 나에게 있어 그 무엇을 제쳐 두고라도 성취시켜야 하는 것이다.

눈앞의 푸른색에 '소원'을 빈다.

진심 어린 마음과 기도를 담아, 나는 중얼거린다.

다시 나쓰가 돌아오길 바랍니다.

또다시 '7월의 눈'을 함께 볼 수 있는 날이 오기를 바랍니다, 라고.

그리고.

──제발, 그 사람을 구할 수 있게 해 주세요, 라고.

❉❉

제2화 7월의 눈

❀❀❀❀

아직 어린아이였을 때, 인어의 도움을 받은 적이 있었다.

분명 할머니를 따라, 유이가하마에서 수영하고 있을 때의 일이었다.

처음에는 이변을 눈치채지 못했다. 다만 파도가 조금 이상한 움직임을 보이고 있다고는 생각했다. 깨달았을 때는 늦었다. 먼바다에 몸이 밀려 가 있었다. 당시에는 이안류라는 말은 몰랐지만, 곧바로 위험하다는 것을 알았다. 도움을 요청하려고 해도 주위에 사람은 아무도 없었고, 비닐 시트에 앉은 할머니는 졸고 있었다.

짠 바닷물이 목구멍을 통해 폐로 들어왔다.

숨을 쉴 수가 없었다. 머릿속이 하얘져 간다.

죽음이라는 것을, 처음으로 의식했다.

그때였다.

뭔가가, 나를 물밑에서 끌어 올렸다.

새하얀 여자아이였다.

나이는 초등학교 고학년쯤 되었을까. 마치 물고기 같은 매끄러운 움직임으로 바다를 헤엄치더니, 순식간에 나를 해안

가에 끌어 올려 주었다.

기침하면서 고통스럽게 물을 뱉어 내는 내 등을, 그녀는 부드럽게 어루만져 주었다.

그녀의 얼굴은, 역광 때문에 잘 보이지 않았다.

하지만, 그 아이의 얼굴이 여름과 같은 분위기라 인상적이었던 것은, 기억하고 있다.

❄❄❄❄

※

                              0

    어딘가 그리운 냄새가 코를 찔러, 나는 잠에서 깨어났다. 눈을 뜨니 희미하게 비치는 빛과 함께 짙은 갈색 천장이 눈에 들어왔고, 나는 천천히 몸을 일으켰다. 방 안에는 좋은 향기가 감돌고 있었다. 이건 붉은 된장 냄새다. 귀를 기울이면, 식칼이 도마를 두드리는, 통통 하는 규칙적인 리듬 소리가 들려왔다.

    거실로 향하자 앞치마를 두른 나쓰의 뒷모습이 눈에 들어왔다. 테이블 위에는 갓 지은 흰쌀밥과 무 된장국, 계란말이와 시금치 깨 무침이 놓여 있었다. 맛있을 것 같다.

    "아, 일어났구나, 좋은 아침."

    "좋은 아침."

    나를 보고 나쓰는 탁탁 발소리를 내며 다가왔다.

    살랑살랑, 여름 냄새가 풍겼다.

    "도오루, 오늘은 1교시부터라고 했지?"

"맞아. 그거 끝나면 도서관에서 리포트를 써야 돼."

"그렇구나. 그럼 많이 먹고 체력을 길러야지."

팔을 구부려 알통을 만드는 시늉을 한다.

대학생이 된 우리는 가마쿠라 시가지에 있는 작은 빌라에서 함께 살고 있었다. 제니아라이벤텐과 사스케이나리가 근처에 있는, 한적한 주택지의 일각이다. 고등학교 졸업과 함께 나는 본가를 나와 혼자 살기 시작했고, 우여곡절을 겪은 끝에, 거기에 나쓰도 함께해 준 형태다.

작은 원형 테이블을 둘러싸고, 잘 먹겠습니다 하고 손을 모은다.

일단 시금치 깨 무침부터 손을 댔다.

"맛있어."

"정말?"

내가 그렇게 말하자 나쓰는 기쁜 듯이 눈을 반짝였다.

"응, 왠지 그리운 맛이 나."

"그건 맛이 구식이라는 얘기야?"

"그게 아니라, 안심할 수 있는 맛이라는 거야."

나쓰는 요리를 잘했다. 일식에서 양식, 중식에 민속 요리까지, 뭐든지 능숙하게 만들어 주었다. 그중에서도 일식은 할머니에게 배우기도 해서, 레퍼토리가 풍부하고 다채로웠다. 집안일은 교대로 하고 있었지만, 나쓰가 당번인 날이

기대됐다.

차조기와 매실이 들어간 계란말이를 입으로 옮기면서, 나는 물어 보았다.

"나쓰는 오늘 가게?"

"응. 점심쯤부터 도울 예정."

"그럼 밤까지?"

"아마도."

대학생이 되었다고는 해도, 대학에 다니는 건 나뿐이다. 그녀는 진학하지 않고, 본가의 일을 돕고 있다.

"그럼 학교 끝나면 그쪽으로 들를게. 6시 정도면 괜찮아?"

"응. 알았어. 기다릴게."

아침 식사를 마치고, 세면대에서 세수하고, 양치질했다. 잠옷을 벗어 세탁기에 집어넣고, 교과서 등 짐을 가방에 채워 넣는다. 방 창문에서는 이 시간임에도 강한 햇살이 유리를 통과해 내리쬐고 있었다. 책상 위에 놓여 있는, 나쓰가 직접 조개껍질로 장식해 만든 포토 스탠드가 빛을 받아 반짝반짝 빛나고 있다. 일기예보에 따르면 장마는 이미 지난주에 끝나서, 오늘도 하루 종일 맑다고 한다. 더워질 것 같다.

"다녀오겠습니다."

그렇게 말하고, 나는 방을 나왔다. 다녀오세요, 하고 통통 튀는 듯한 나쓰의 목소리가 등 뒤에서 들려 왔다.

그녀와, 나쓰와 살기 시작한 지 곧 2년이다.

긴 듯, 짧은 듯, 여러 가지 일들이 있었던 2년이었다.

그때까지 18년 동안 다른 가정에서 자라 온 두 사람이 같은 지붕 아래서 생활을 같이하는 데는, 그에 상응하는 에너지가 필요한 법이다. 의견이나 습관이 맞지 않은 적도 있었고, 작은 일로 부딪히는 일들도 있었다. 물론 싸우기도 했다. 그녀는 화가 나면 입을 다물어 버린다는 것도 그때 알았다. 하지만, 끝에는 반드시 화해했고, 싸움은 3일 이상 넘기지 않기로 약속하기도 했다.

첫 1개월은, 거의 서로를 살피는 기간이었던 것 같다. 이건 해도 괜찮아. 이건 안 돼. 이걸 할 때는 서로에게 허락이 필요해. 하지만, 대답을 찾아가는 동안에, 그녀의 새로운 일면을 알 수 있었다. 예를 들면, 싸우고 나면 입을 다물어 버리는 것도 그렇고, 무언가에 집중하고 있을 때 귓불을 만지는 버릇도 그렇다. 좋아하는 음식을 제일 먼저 먹는다는 것도 처음 알았고, 의외로 잠버릇이 나쁘다는 것도 알았다. 그 밖에도 여러 가지 것들을 알았다.

그것들을 지적하면, 나쓰는 작게 웃었다.

"그건 도오루도 마찬가지야. 브로콜리를 좋아하지 않는다니, 처음 들어 봤어. 뜨거운 걸 그렇게 못 먹을지 상상도 못했어. 의외로 깔끔한 성격이라는 것도 몰랐는걸."

틀림없이 룰 같은 건 그렇게 만들어져 가는 거라고 생각한다. 작은 마찰을 쌓아감으로써 조금씩 두 사람의 관계성을 구축해 가는 거다. 힘든 일도 있었지만, 그러한 주고받음은 나에게 신선함이자 즐거움이었다.

그리고 둘이서 보내는 시간이 늘어감과 동시에, 나쓰를 향한 마음도 강해져 갔다.

밝고 천진난만하게 웃는 나쓰, 베란다에서 밖을 내다보는 나쓰, 납득 안 가는 일이 있을 때 볼을 부풀리는 나쓰, 영화를 보면서 진지한 표정을 짓는 나쓰, 요리를 맛있게 먹는 나를 보고 즐거워하는 나쓰. 그 전부가 사랑스러웠다. 틀림없이, 둘이서 살기 시작하기 전부터도 무척이나 그녀를 소중하게 느끼고 있었다고 생각한다.

행복했다.

어쩌면 이런 게 '가족'이라는 것일지도 모른다는 생각까지 들기 시작했다.

그건 지금까지 내가 접해 온 '가족'과는 너무도 달랐기 때문일지도 모른다.

1

빌라를 나와 조금 걸었을 때, 핸드폰이 진동했다.

주머니에서 꺼내 확인하니, 니시나였다.

"야, 오늘 밤 한가해? 한잔 어때?"

니시나와는 대학생이 되어서도 계속 만났다.

처음 만났을 때의 인상대로, 성격적으로는 정반대라고 해도 좋을 정도인데, 우리는 신기하게 마음이 맞았다. 문화제 이후 고등학교의 나머지 8개월간은, 함께 여러 가지 일을 했다. 나쓰와 사귀고 있다는 것도 니시나에게 처음으로 들켰다.

"뭐, 너희들, 그게 숨기고 있는 거였다고?"

거짓말이지? 그런 플레이인 줄 알았어. 그렇게 말하며, 니시나는 이상하다는 듯이 웃고 있었다.

좋은 녀석이었다.

겉보기에는 금색으로 염색한 단발이라는, 어느 쪽인가 하면 다가가기 힘든 느낌이지만, 막상 이야기해 보면 호감 가는 성격에 붙임성도 좋다. 신기하게도 사람 마음에 자연스럽게 들어오는 구석이 있었다.

니시나는, 가마쿠라에서 전철로 30분 정도 거리에 있는, 쇼난다이에 있는 대학에 다니고 있었다. 이 근처에서는 입학이 어렵기로 유명한 사립대학이다. 분명 고등학교에서 성적이 우수하긴 했지만 설마 그 정도일 줄은 몰랐기에, 들었을 때는 놀랐다.

"뭐, 이쯤이야, 나라면 낙승이지. 식은 죽 먹기라고나 할까."

"그렇게 수업을 빼먹었는데도 말이지."

"뭐, 그것도 재능이라고. 천재랄까?"

"정말 그럴지도 모르겠어."

"뭐야, 농담이라니까. 진심으로 받지 마. 봐봐, 뭐니 뭐니 해도 거긴 수학이랑 소논문만 통과하면 되니까. 수험 과목이 적은 게 편하다는 거 알지?"

"그래도 충분히 대단해."

덧붙여서, 나는 흔히 말하는 중간에서 살짝 위 정도의 대학에 진학하는 것이 최선이었기 때문에, 니시나를 만날 때는 대개 서로의 대학이 끝난 후에 한잔 하는 자리가 보통이었다.

오늘은 나쓰의 본가에 가기로 약속했기 때문에, 술자리는 내일로 연기하기로 했다. 그런 내용의 메시지를 회신하자, 이내 "오케이. 그럼 평소처럼 하자"라는 짤막한 대답이 돌아왔다.

여름방학을 앞둔 대학은 어딘가 나른한 공기에 싸여 있다.

고등학교 때와는 달리 대학의 여름방학은 길다. 이르면 7월 초순부터 시작해 그대로 9월 하순까지 이어지는 곳도 있다. 대략 두 달 반의 장기 휴가는, 그 사이에 학업에 대한 이해를 높이라는 것이겠지만, 대개는 놀이나 아르바이트 예정으로 꽉 차 버린다. 그건 나도 예외가 아니었고, 나쓰와의 예정이나 아르바이트를 하는 패밀리 레스토랑의 일정으로 스케줄은 꽉 차 있었다.

캠퍼스 안에는 그다지 사람의 모습이 보이지 않았고, 그에 반비례하듯 매미가 시끄러울 정도로 울고 있었다. 유지매미, 참매미, 말매미 등이 저마다 그 존재를 주장하듯 목소리를 울리고 있어, 마치 대합창 같았다.

수업에 들어가기 전에 학생센터 게시판에서 이후 일정을 확인하고 있는데, 누군가가 문득 뒤에서 말을 걸었다.

"여어, 아이하라잖아."

말을 걸어온 건, 같은 세미나의 동급생이었다. 이름은 분명…… 이노우에였나? 자리가 가까워 연초에 몇 번인가 얘기한 적이 있는 정도의 사이였다.

"와 있었네. 고바야시 교수님의 어학?"

"아, 응."

"휴강이 많았으니 어쩔 수 없다고는 하지만, 이런 시기까지 한 교시 넣는 건 그만두었으면 좋겠다. 아, 그러고 보니 세미나의 여름 합숙, 안 와?"

"아, 미안. 좀 사정이 있어서."

"또야? 아이하라, 회식 같은 데도 항상 안 오지? 가끔은 얼굴 정도 보여도 좋을 텐데."

"아―, 응."

다른 뜻은 느껴지지 않는 순수한 권유에, 애매한 목소리로 대답한다.

스케줄상으로는 가려고 생각하면 못 갈 것도 없다. 하지만 아무래도 마음이 내키지 않는다.

어제오늘의 일은 아니지만, 어느새 사람들과는 거리를 두는 버릇이 배어 있었다. 평범하게 대화를 나눌 수는 있다. 의사소통을 할 수는 있다. 하지만 그 이상은 한 발 더 들어가는 것도, 누군가가 발을 들이미는 것도 자연스럽게 거부해 버린다. 눈앞의 상대에게 마음을 허락하고 다정하게 함께 웃고 있는 모습이 상상 되지 않는 것이다. 그렇게 생각하면, 역시 나쓰와 니시나는 특별했던 것 같다.

적당히 잡담을 하고 이노우에와 헤어져, 수업이 진행되는 큰 강의실로 향했다.

❄❄❄❄

점심은 유이가하마까지 돌아와 먹는 경우가 많았다.

대학에서는 그럭저럭 거리가 있는 편이지만, 식사를 하면서 듣는 파도 소리가 기분 좋고 마음에 들었기 때문이다. 나쓰와 알게 된 이래, 이곳은 나에게 가장 안정을 주는 장소 중 하나가 되었다.

오후 무렵의 모래사장은 해수욕객들로 넘쳐나, 북새통을 이루고 있다. 그곳에서 조금 떨어진 곳에서 나는 나쓰가 만들어 준 주먹밥을 먹고 있었다. 주먹밥의 재료는 매실 가다랑어포와 차조기 잎으로, 식욕이 떨어지기 쉬운 이 시기에도 먹기 쉽도록 궁리한 것이었다. 맛있다.

잠시 느긋하게 주먹밥 맛을 음미했다.

주먹밥을 다 먹고 멍하니 바다를 바라보고 있는데, 문득 하얀 아지랑이 같은 실루엣이 눈에 들어왔다.

본 적이 있는 얼굴이었다. 저건…… 그때의 여자아이다. 마치 인어와 같은 분위기를 가진, 다리를 절뚝거리는 여자아이. 처음 만났을 때 이래로 가끔 이 근처에서 모습을 보았다. 하지만 그때처럼 말을 걸어 온 적은 없었고, 그저 이쪽과 눈이 마주치면 수줍은 듯이 인사를 할 뿐이었다.

그런데 오늘은 달랐다.

다리를 절뚝거리며 천천히 이쪽을 향해 걸어오더니, 여자아이는 꾸벅 고개를 숙였다.

"안녕하세요."

"아, 안녕."

인사로 대답했다.

생글생글 미소 짓는 여자아이의 얼굴은, 역시 어딘가 낯익었다.

"날씨가 참 좋네요."

"그렇지."

"옆자리, 괜찮아요?"

내가 고개를 끄덕이자, 여자아이는 내 옆에 털썩 주저앉았다. 그때 조금 불편한 기색이 있어서, 역시 다리에 눈이 가 버린다. 그 시선을 알아차렸는지, 여자아이는 눈꼬리를 늘어뜨렸다.

"이 다리는 타고난 거예요."

살며시 쓰다듬듯이 자신의 다리에 손을 얹었다.

"여러 가지 불편한 점도 있지만, 이젠 익숙해졌어요."

"그렇, 구나."

"네. 그래도 괜찮아요. 이 다리는, 제 '소원'이 이루어진다는 약속이기도 하니까⋯⋯."

"⋯⋯?"

여자아이가 무슨 말을 하는지, 잘 이해할 수 없었다.

이 아이는 왠지, 의미심장한 말만 한다. 여름을 돌고 있다든가, 불편한 다리가 '소원'의 약속이니 하는.

의아한 표정을 짓는 나에게, 여자아이는 이렇게 물었다.

"당신에게는 '소원'이 있나요?"

"소원?"

"네."

여자아이가 왜 갑자기 그런 걸 물어 왔는지는 모르겠다.

하지만 나에게는 확실한 '소원'이 있었다.

그 무엇을 제쳐 두고라도 이루어야만 하는 강한 '소원'.

그것을 위해서 지금, 나는 이러고 있다고 해도 과언이 아니었다.

"있어." 나는 대답했다. "어떻게 해서든 이루고 싶은, 이루어야만 하는 '소원'이…… 있어."

"그렇, 군요……."

마치 내가 그렇게 대답할 것을 알고 있었다는 듯이, 여자아이는 고개를 숙였다. 그 얼굴이, 어딘가 울면서 웃는 것 같은 복잡한 표정으로 보였다.

머리 바로 위에 떠 있는 태양이, 자신의 얼굴을 감추듯 따가운 햇빛을 내리쬐고 있었다.

❄❄❄❄

2

가타세에노시마역은 저녁이 지나고도 많은 사람들로 붐볐다.

관광지로도 유명한 에노시마는, 이 시기에는 해수욕객과 관광객, 낚시객 등이 많이 몰린다. 물론 방문의 절정은 낮이지만, 오늘은 앞으로 근처에서 행사가 있기도 해서, 이 시간에도 많은 사람들로 길의 대부분이 가득 메워져 있었다.

오다큐선의 인상적인 붉은색 역사를 나와, 에노시마 벤텐바시를 건너 본섬으로 걸음을 옮긴다. 탁 트인 다리 위는 바람이 잘 통해서, 이곳에 오기까지 땀투성이가 되었던 몸이 조금이지만 식어 기분이 좋다. 5분쯤 걸려 다리를 건너고 나니, 곧 상가 입구가 보이기 시작했다.

나쓰의 본가는 상점가에서 음식점을 하고 있었다. 해물 덮밥을 메인으로 내는 집이다. 가업으로 본래 어부 일을 하고 있었기 때문에, 신선한 해산물을 취급할 수 있다는 점이 세일즈 포인트라고 한다. 여름의 이맘때는, 생멸치를 특히 추천한다고 한다.

"어머, 도오루 군, 어서 와요."

상점가 한쪽에 있는 가게를 방문하니, 나쓰의 어머니——나나코 씨가 웃는 얼굴로 맞이해 주었다.

"안녕하세요."

"오늘도 학교 다녀왔어? 수고했어. 나쓰는 안쪽에 있을 거야."

"어, 잠깐만. 아직 옷 못 갈아입었어!"

가게 안쪽에서 그런 비명 같은 소리가 들려왔다.

"있잖아, 엄마, 띠는 어떻게 묶었지?"

"예전에 할머니한테 배웠잖아."

"그렇지만 잊어버렸는걸."

아무래도 나쓰는 유카타와 씨름하고 있는 모양이었다. 조금 더 시간이 걸릴 것 같다.

나나코 씨가 쓴웃음을 지으며 말한다.

"미안해, 도오루 군. 저 상태로는 조금 더 늦을 것 같으니까, 괜찮으면 저녁이라도 먹으면서 기다려 주겠니? 나쓰가 도오루 군을 위해 만든, 사랑이 듬뿍 담긴 특제 곱빼기 해물 덮밥이 있으니까."

"아, 정말! 사랑이 담겼다니, 그런 말한 적 없어!"

그런 외침이 들렸지만, 차려 나온 해물 덮밥에는 판매하는 메뉴보다 재료가 분명히 더 많이 들어 있었다. 생멸치가 수

북하게 덮였고, 커다란 새우가 두 마리, 튀김에서 삐져나와 있었다.

그것들을 입에 넣으며 나쓰를 기다린다.

언제 와도, 이 가게는 화목한 분위기였다.

나쓰의 가족은 물론, 다니는 손님들도 좋은 사람들뿐이고, 나나코 씨와 나쓰가 주고받는 대화를 흐뭇한 눈초리로 지켜보고 있다.

나쓰의 부모님은 아침부터 밤까지 이 가게에서 일하신다. 가게를 쉬는 날에도 고기잡이를 나가시고, 그렇지 않은 시간에도 재료 손질이나 기타 잡일로 바쁘시다고 한다. 그렇기 때문에, 어린 나쓰를 돌보는 건 하쓰 씨 몫이었을 것이다.

"이것도 먹거라."

하고, 가게 안쪽 주방 쪽에서 낮은 목소리가 흘러나왔다. 아마도 시게유키 씨일 것이다. 나나코 씨가 주방으로 달려가 훌륭하게 플레이팅 된 전갱이를 가지고 돌아왔다. "자, 이거, 남편이 주는 거야".

나쓰의 아버지인 시게유키 씨는 과묵한 사람이었다. 옛 장인 기질의 성격으로, 쉽게 말을 걸기 어려운 분위기를 가지고 있다. 하지만 결코 상대방에 대해 관심을 갖고 있지 않은 것은 아니다. 그저 무뚝뚝할 뿐이다. 그렇다고는 해도, 처음 만났을 때는 그 위압감에 그저 압도당하기만 했지만……

처음 이곳을 방문했을 때의 일이 생각난다.

그건 분명 고등학교 3학년 여름방학. 나와 나쓰가 사귀기 시작한 지 한 달이 지났을 무렵이었다.

"있지, 오늘은 우리 집에 오지 않을래?"

"어?"

그날, 함께 여름방학 과제를 하기 위해 가마쿠라역 앞에서 만났을 때, 나쓰가 갑자기 그렇게 말했다. "어제 부모님과 이야기하고 있었는데, 도오루 이야기가 나왔어. 그…… 사귀는 사람이 있다고. 그랬더니 데리고 오라고. 도서관에서 함께 합숙하기로 약속도 했고, 딱 좋은 것 같아서."

"어, 그래도……."

갑자기 그런 말을 들어도 마음의 준비가 되어 있지 않다.

아무래도 그녀의 집을 처음 방문한다면, 나름대로의 준비 기간이랄까, 결의 같은 것이 필요하다고 생각한다.

하지만 나쓰는 전혀 신경 쓰는 기색도 없이, 태연하게 웃었다.

"괜찮아, 괜찮아. 별로 그렇게 거창한 건 아니고, 산책 도중에 잠깐 들르는 정도의 가벼운 마음가짐이면 충분해."

그 가벼운 마음가짐의 허들이 높다고. 그렇게 말하려 했지만 분위기에 휩쓸렸다.

결국 나쓰에게 끌려가는 모양새로 그녀의 집으로 향하게 되었다.

최소한의 예의라고 할까, 가는 도중에 간단한 선물로 간식을 산다. 유이가하마에 있는 유명한 가게의 물방울 떡이다. 나쓰는 그런 거 별로 신경 쓰지 않아도 된다고 했지만, 그럴 수는 없다.

나쓰의 집은 에노시마에 있었다. 에노시마의 상점가에서 가게를 하는데, 그날은 정기 휴일이었다고 한다.

사실대로 말하면, 그다지 마음이 내키지 않았다.

나쓰의 부모님에 대해서 나는 선입견을 가지고 있었다. 나쓰 이야기로는, 부모님은 일 때문에 바쁘셔서 하쓰 씨가 그녀를 계속 돌보았다고 했다. 그래서 아이에게 별로 관심 없는 부모인 줄 알았다. 그렇다면…… 나에게는 조금 거북한 타입일 수도 있다.

"다녀왔어요! 데려왔어!"

나쓰가 힘차게 문을 열자, 안에는 온화한 표정을 한 여성이 서 있었다.

"어서 와 나쓰. 그쪽이 도오루 군?"

"응, 그래."

"역시. 응, 상상했던 대로 착해 보이는 아이네. 여보, 나쓰가 남자친구를 데려왔어."

"……음."

아마도 나쓰의 어머니일 여성의 목소리를 듣고, 안쪽에서 체격이 좋은 남성이 모습을 드러낸다.

"반가워요, 도오루 군. 나쓰의 엄마, 나나코예요."

"……나쓰의 아빠, 시게유키다."

"처, 처음 뵙겠습니다, 아이하라 도오루입니다. 나쓰와 사귀고 있습니다."

쭈뼛쭈뼛 인사하자, 나쓰의 어머니—— 나나코 씨가 빙긋 웃었다.

"그렇게 긴장하지 말고 편하게 있어요. 어서 와요, 도오루 군. 처음으로 나쓰가 남자친구를 데려온다고 해서, 어제부터 정말 난리였어. 남자친구가 집에까지 와 주는 건 흔치 않은 일이니까, 모처럼 와 주는 남자친구에게 실례가 되지 말라고."

"자, 잠깐만! 부끄러우니까 남자친구 남자친구 너무 말하지 마. 그리고 난리 안 피웠어."

"난리 났었잖아. 어제부터 갑자기 방을 정리하기도 하고, 실내복은 어느 것이 좋겠느냐고 이것저것 계속 가져오기도 하고, 방에 장식한 꽃을 바꾸기도 하고, 정신없었지."

"그, 그건 그렇지만."

"우후후, 나쓰의 그런 모습은 처음 봤어요. 그렇죠, 여보."

"……음."

나나코 씨의 말에 나쓰가 우물우물하며 입을 닫았고, 시게유키 씨가 조그맣게 고개를 끄덕인다.

그 얼마 안 되는 시간 동안의 주고받음을 보고, 내 걱정이 지나쳤음을 금방 깨달았다.

이 가족은, 잘 연결되어 있다. 바빠서 공유하는 시간은 적을지도 모르지만, 근본적으로는 서로가 서로를 생각해 주고 있다. 눈에는 보이지 않지만, 확실한 가족의 유대가 거기에는 있었다.

뭐야── 우리와는 전혀 다르잖아.

남에게 관심을 가지지 않고, 가족들 사이에서조차 서로 무관심하고, 어디까지나 냉랭했던 우리 가족과는.

안심한 듯, 맥 빠진 듯, 그런 기분으로 있으니, 나쓰가 신기하다는 얼굴로 말을 걸어왔다.

"? 왜 그래, 도오루?"

"응, 아무것도 아니야."

"??"

그날은 힘들었다.

딸이 처음으로 남자친구를 데려왔다고 해서, 온 가족에게서 환영을 받았다. 나나코 씨는 둘이 처음에 어떻게 만나게 되었는지를 물었고, 쑥스러워 하는 나쓰의 옆에서 횡설수설하며 만남의 경위를 이야기했다. 시게유키 씨가 말없이 훌륭하게 플레이팅된 참돔을 내주셨고, 긴장해서 거의 음식이 목구멍을 통과하지 못하는 가운데서도, 나는 그것을 어떻게든 완식했다. 그 다음에는 나나코 씨가 앨범을 꺼내 왔고, 그걸 본 나쓰가 비명을 지르며 내 눈을 가리기도 하는 등 큰일이었다. 시끌벅적하고 소란스러워서 정신없었지만, 그건 웃음이 끊이지 않는, 무척 즐거운 시간이었다.

"좀 부끄러웠지만, 역시 도오루를 데리고 와서 다행이야."

헤어질 때, 나쓰가 그렇게 말한 것이 인상적이었다.

그날의 일을, 나는 앞으로도 잊을 수 없을 거라고 생각한다.

❄❄❄❄

"휴―, 드디어 성공했다."

유카타 차림의 나쓰가 모습을 드러낸 건, 특제 해물 덮밥을 다 먹은 지 15분 뒤였다.

나팔꽃 무늬의 화려한 유카타의 소매를 흔들며, 나쓰는 의견을 묻듯 나를 올려다보았다.

"어, 어때……? 이상하지 않아?"

"아니. 좋은 것 같아. 정말 잘 어울려."

"!"

나쓰는, 몹시도 놀란 얼굴을 했다.

"왜 그래?"

"……도오루가 의외로 많이 칭찬하니까, 쑥스러워져서."

붉은 물감으로 염색한 것처럼 새빨갛게 변해 버렸다. 그런 나쓰를 보면서, 귀엽다는 생각과 동시에 나까지 쑥스러워지고 말았다.

"가자."

쑥스러움을 감추기 위해 손을 내밀었더니, 슬며시 맞잡아 주었다. 부드럽고 따뜻한, 마치 거기에 여름이 있는 것 같은 손. 등 쪽에서 나나코 씨의 "잘 다녀와"라는 다정한 목소리가 들려 왔다.

우리가 지금부터 향하는 곳은, 유이가하마에서 열리는 가마쿠라 불꽃 축제다.

유이가하마 해안 등 해안 지구를 무대로, 발사 수는 약 2,500발, 13만 명이 넘는 인파가 모이는, 전국에서도 유수의 불꽃 축제. 그중에서도 불꽃 구슬을 바다로 쏘아 올려, 밤하늘이 아니라 물 위에 꽃을 피우는 수중 불꽃놀이가 볼거리라고 한다.

유이가하마로 향하는 길가에는 많은 포장마차가 나와 있었다. 도중에 몇 군데를 들여다보고, 야키소바와 다코야키와 오코노미야키를 산다. 양손 가득 먹을 것을 확보하고, 나쓰는 만족스러운 표정을 짓고 있었다.

"역시 맛있는 게 많으면, 마음이 들떠. 탄수화물은 진리라고 생각해. 아, 저쪽에 빙수가 있다! 솜사탕이랑 사과 사탕도!"

그 미소는 완전히 먹보의 미소였다.

"잘 먹네."

나쓰네 집에서 해물 덮밥을 먹고 와서, 나는 다코야키를 집는 정도가 고작이다.

"간식은 다른 배로 들어가니까 얼마든지 괜찮아. 도오루도 먹을래?"

"나는 이미 기브업."

마른 몸으로는 상상도 안 될 정도로 나쓰는 잘 먹었다. 이만큼이나 칼로리를 많이 섭취했다면 조금은 살이 쪄도 좋을 것 같은데, 그런 징후는 전혀 보이지 않는다. 아니, 어쩌면 유카타 밑에 보이지 않는 부분은 그렇지 않을지도 모르겠지만.

"아."

하고, 나쓰가 돌아서서 내 눈을 똑바로 쳐다보았다.

"뭐, 뭐야?"

속내를 그대로 들켰나 하고 당황하자, 그녀는 뜻밖의 말을 했다.

"못 먹는다고 하니 말인데, 도오루는 처음 우리 집에 온 날, 도오루는 그때도 참돔 회, 다 먹지 못해서 남겼었지."

"어, 그랬나?"

"응. 의외로 소식인가— 하고 생각했거든."

"아니, 그때는 열심히 전부 다 먹었다고 생각하는데⋯⋯."

"응, 어? 으응, 아니야, 아니야. 틀림없이 남겼어."

강한 어조로 그렇게 주장한다.

어땠을까. 그런 말을 듣고 보니 그런 생각도 들었다. 왠지 머릿속이 흐릿하다. 그것보다, 나쓰의 본가에 갈 때마다 대개 뭔가 플레이팅 된 회를 내주셨기 때문에, 솔직히 기억은 애매했다.

"아, 불꽃놀이 시작한다!"

나쓰의 말을 듣고 시선을 상공으로 향했다. 그러자 그곳에는 밤하늘을 수놓은 커다란 꽃들이 있었다.

"우와아⋯⋯."

나쓰가 조그맣게 소리를 질렀다.

빛과 소리의 향연.

국화 불꽃, 모란 불꽃, 스타마인, 그리고 수중 불꽃.

여름 불꽃놀이에는, 진혼의 의미도 있다고 한다. 죽은 사람 영혼의 안녕과 평온을 기원하며, 밤의 어둠에 꽃을 피운다. 이 '인어의 해변'에서 보는 불꽃놀이에는, 신기하게도 그 정취가 짙게 느껴졌다.

하늘을 올려다보며 깊이 숨을 내쉬었다.

생각해 보면, 내가 이렇게 누군가와 불꽃놀이를 올려다보고 있는 날이 오리라고는 상상도 못했다. 마음을 허락할 수 있는 누군가가 옆에 있다는 현실. 나에게는 그런 상대가 나타나지 않을 거라고 생각했고, 사실 나쓰와 만나기 전까지는 아무도 좋아할 수 없을 것 같았다. 어째서일까. 나쓰는 특별하다. 그녀의 밝고 여름과 같은 모습과 함께, 어딘가 심지 굳은 표정에서, 무언가 그리운 모습을 느끼고 있었기 때문일지도 모른다.

쏟아지는 불꽃놀이 불빛에 눈을 가늘게 뜨고 그런 생각을 하고 있는데, 살며시 내 팔에 가느다란 나쓰의 팔이 휘감겼다. 약간 무게가 실린다. 그 작은 무게와 온기는, 틀림없이 행복의 상징일 거라고 생각한다. 확실한 나쓰의 감촉을 느끼면서, 우리는 하늘을 올려다보았다.

이윽고 마지막에 연발로 쏘아올린 불꽃이 여름 하늘을 한낮처럼 물들이면서 불꽃놀이는 끝났다.

밤하늘에 어둠과 별빛이 돌아오고, 주변에는 찰나의 정적 뒤에 구경꾼들의 목소리가 울려 퍼지기 시작한다. 그래도 화려하게 피어 있는 밤의 꽃 냄새를 느끼며, 나쓰와 나는 하늘을 올려다본 채 서 있었다. 영화의 엔드롤이 끝날 때까지 자리에서 일어나지 않듯, 정적의 여운에 잠기는 것을 좋아했다.

"──내년에도, 또 같이 오자."

그런 말이, 저절로 입에서 흘러나왔다.

아마도, 진심으로 솔직하게 그렇게 원했기 때문인 것 같았다.

그런데 내가 그렇게 말하자, 나쓰는 고개를 옆으로 저었다.

"……그런 건 싫어."

"어?"

뜻밖의 부정의 말에 무심코 나쓰의 얼굴을 보자, 그녀는 이렇게 말했다.

"……내년뿐이라니, 싫어. 내년뿐만 아니라 내후년에도, 그 다음에도, 그 다음의 다음에도, 계속 도오루와 함께가 좋아."

"어, 그건……."

놀라서 나쓰의 얼굴을 보니, 그녀는 새빨갛게 변해 있었다. 마치 커다란 사과가 되어 버린 듯, 귀까지 빨갛다.

"저, 정말…… 왠지, 도오루 앞에서는, 나, 부끄러운 말만

하고 있는 것 같아."

"나쓰……."

"도오루가 나쁜 거야."

"응, 미안."

그대로 우리는 어둠 속에서 살짝 입술을 포갰다. 닿기만 할 뿐인, 온화하고 간소한 키스. 나쓰의 입술에서는 사과 사탕의 단맛이 났다.

불꽃놀이 뒤의 화약 냄새.

어딘가 부드러운 여름밤의 공기.

요란하게 뒤섞여 조그맣게 울리는 파도 소리.

이런 시간이 영원히 이어졌으면 좋겠다고 생각했다.

끝나지 않는, 계속 돌아가는 여름 속에서, 영원히.

한동안 유카타 너머로 서로의 체온을 느끼고 있다가, 나쓰가 불쑥 중얼거렸다.

"계속, 이런 매일이 계속되면 좋을 텐데……."

"나쓰……?"

"도오루가 있고, 내가 있고, 온화하고 행복한 매일이, 계속……."

그렇게 말하며, 나쓰는 내 유카타를 쥐고 있던 손에 힘을 꼭 주었다.

그리고 작게 나를 올려다보며, 이렇게 말했다.

"──맞아, 어쩌면, 슬슬 보여 줄 수 있을지도 몰라."

"? 뭘?"

내가 그렇게 되묻자, 나쓰는 조금 불만스러운 듯 검지 손가락을 세웠다.

"잊어버렸어? '7월의 눈', 말이야."

❄❄❄❄

❄❄❄

'7월의 눈'.

실제로 그녀가 그것을 보여 주는 것은 사실 꽤 나중의 일이지만, 그것을 보았을 때 내가 품었던 감상은, 상상하고 있던 것과는 조금 달랐다.

깊은 바다에 사는 인어들이 춤을 추면서 쏟아져 내리는 새하얀 입자.

하지만 그건, 틀림없이 눈이었다.

7월에 내리는, 눈이었다.

❄❄❄

3

약속은 역 앞의 주점이었다.

전국에 체인이 전개되어 있는, 대학생 손님들이 주로 이용하는 저렴한 주점. 서로의 집이 가마쿠라역을 사이에 두고 반대 방향에 있었기 때문에, 니시나와 한잔할 때는 이곳을 이용할 때가 많았다.

5분 정도 늦게 도착하자 니시나는 이미 와 있었다. 맥주잔을 기울이며, 묵묵히 완두콩을 집고 있다. 나를 발견하자 완두콩 껍질을 작은 접시에 버리고, 한 손을 들었다.

❋❋❋

"야, 오랜만이야."

"지난주에 보고 얼마 안 됐잖아."

"응, 그랬나?"

"맞아. 네가 다음 날까지 제출할 리포트가 끝나지 않는다고 해서, 기운 내자고 마셨잖아."

"아, 그런 일도 있었지."

니시나와 이야기하는 건, 대개는 아무래도 좋을 것 같은 내용뿐이었다. 학점이 위태롭다. 최근 일주일간 먹었던 것 중에 가장 맛있었던 라면 가게는 어디냐. 요즘 TV에 자주 나오는 저 여자 연예인이 귀엽다. 대학생 남자 둘이서 주점에서 나누는 대화 같은 건, 이런 거라고 생각한다.

"미즈하라와는 잘 지내냐?"

"응, 덕분에."

"그렇구나. 결혼 같은 건?"

"아직 거기까지는 생각하지 않았어. 하지만, 언젠가는…… 하고 생각하긴 해."

나쓰와 함께 있는 시간은, 지금의 나에게 있어서 둘도 없는 것이 되어 있었다. 아직 구체적으로 이야기한 적은 없지만, 그런 이야기를 할 수 있는 날이 그리 멀지 않은 장래에 왔으면 좋겠다고 생각하고 있었다. 잘난 체하는 게 아니라, 분명 나쓰도 마찬가지일 거라고 생각한다.

"뭐, 너희들이 헤어진다는 것도 상상이 안 가긴 해."

손에 든 맥주를 단숨에 들이켜고 니시나가 말했다. 나도 맥주잔 내용물을 반 정도 줄였다.

"고등학교 때부터 알콩달콩했지. 둘이서 수업을 빠져나가, 뭐더라, 비치코밍을 하러 가기도 했고."

"그런 일도 있었지."

"정말 언제든지 함께 있었지. 옆에서 보기가 민망할 정도였다고. 이제 서로의 세계에는 당신밖에 없어요~ 하는 느낌?"

니시나가 기분 나쁘게 몸을 꼬았다. 나는 그 어깨를 툭 쳤다.

그렇다고는 해도—— 확실히 그 무렵의 우리는, 서로의 모습밖에 보이지 않았다고 생각한다. 둘이서 뭔가를 하는 것만으로도 즐거웠고, 나란히 바다를 바라보고 있는 것만으로도 행복했다. 지금도 그다지 안 달라지지 않았느냐고 물으면 입을 다물 수밖에 없지만.

니시나가 완두콩을 입에 집어넣으며 말했다.

"그래도 뭐, 그럴 만하니까 그렇게 됐다는 거야. 분명 너희들은 잘 어울리긴 했지. 확실히 미즈하라가 먼저 고백했다고 했나? 유이가하마에서."

"어?"

그 말이 귀에 거슬렸다.

사소하지만, 확실한 위화감.

"아니, 먼저 고백한 건 나야. 장소는 유이가하마가 맞지만."

"어, 그래?"

"응."

니시나의 말에 고개를 끄덕였다.

왠지 석연치 않은 느낌이었다. 얼마 전에도 이런 일이 있었던 듯한 기억이 난다.

그 이야기를 하자, 니시나가 즐거운 듯이 이렇게 말했다.

"그런 걸 만델라 효과라고 하나 봐."

"만델라……?"

들어 본 적이 없는 단어였다.

"음. 과거의 기억이 어느 틈엔가 사실과 어긋나 버리는 현상을 그렇게 말하는 거야. 실제로는 2013년에 사망한 넬슨 만델라가, 1980년대에 옥중에서 사망했다고 많은 사람들이 믿고 있었던 데서 유래한 것 같아. 평행 세계의 가능성을 보여 주는 현상이라는 설도 있고."

니시나는 대학에서 양자물리학이라든가 하는 것을 배우고 있는 것 같았고, 가끔 이런 어려운 말을 꺼낸다. 하는 말은 대체로 절반 정도밖에 이해할 수 없었지만, 그러한 지식을 니시나로부터 듣는 것은 즐거웠다.

"요컨대, 이 우주에는 무수한 다차원 세계가 동시에 존재하고 있고, 우리는 그것들 사이를 항상 오가고 있다는 거야. 사실과 상반된 과거의 기억은 착각 같은 게 아니라, 다른 가능성의 세계—— 즉 평행 세계에서 일어난 일이고, 그 평행 세계의 자신의 기억에 접촉한 증거라는 가설인 거지."

평행 세계. 옛날 SF 소설 등에서 읽은 적이 있다. 이른바 패러럴 월드라는 것이다.

"즉, 나는 몇 개의 평행 세계 중 하나에서 나쓰에게 먼저 고백했고, 어떤 순간에 그 기억이 사실이라고 믿게 되었을지도 모른다는 말이야?"

"오, 이해력이 좋은데. 그런 거야."

니시나가 흡족하게 고개를 끄덕였다.

"물론 반대일 수도 있겠지만. 미즈하라가 먼저 고백한 평행 세계가 있어서, 내가 그 기억을 건드린 것일 수도 있어. 아니면 우리 둘 다 평행 세계의 영향을 받고 있는지도 몰라."

"그거, 결국 착각을 장대하게 말했을 뿐 아닌가?"

"뭐, 그렇게 생각할 수도 있지. 다만 사실은 알 수 없어. 이 세상에는 뭐든지 있을 수 있다는 이야기야."

세상에 있을 수 없는 일이 어디 있어. 마치 '7월의 눈'처럼.

언젠가 나쓰가 했던 말이 머리에 다시 떠올랐다.

"뭐, 여러 가지 이야기를 했지만, 아마 내가 착각하고 있는 거겠지. 그냥 술 취한 사람의 우스갯소리니까 신경 쓰지 마. 자, 그것보다 좀 더 마시자."

"아직 조금 남았어."

"그럼 지금부터 비우면 돼."

니시나가 맥주잔을 부딪혀 와서, 다시 한번 건배를 했다.

결국, 술자리는 그날 늦게까지 이어졌다.

그날은 달이 예쁜 밤이었다.

여느 때보다 선명한 둥근 윤곽은 어딘가 푸르스름해, 마치 '인어의 해변'의 야광충들이 달로 올라간 듯하다. 이런 현상을 블루문이라고 한다고, 어떤 책에서 읽은 적이 있다.

조금 취해서 집에 돌아오니, 나쓰는 잠을 자지 않고 기다리고 있었다.

"아! 어서 와."

내 모습을 눈에 담더니, 나쓰는 튕기듯 책장 앞에서 일어섰다.

"? 뭔가 하고 있었어?"

"어, 왜?"

"아니, 뭐랄까, 좀……."

방 안에 어딘지 모르게 위화감이 있었다. 말로는 표현이 어렵지만, 청소를 하다가 말았다고나 할까, 어딘지 모르게 침착하지 못한 공기가 감돌고 있다고나 할까.

하지만 나쓰는 고개를 흔든다.

"음─, 도오루의 기분 탓 아니야? 정리는 좀 하고 있었지만, 그것뿐이야. 아, 오차즈케라도 먹을래?"

"아, 응."

아직 위화감은 지울 수 없었지만, 더 깊이 추궁할 만한 일도 아니었기에 나쓰의 말을 따랐다.

테이블에 앉자 나쓰는 곧바로 연어 오차즈케와 곁들인 수제 무 절임을 준비해 주었다. 절임은 소금 겨로 만든 것으로, 맛이 잘 배어 있어서 내가 좋아하는 음식이다.

"니시나는 어땠어?"

나쓰가 마주 앉아 그렇게 물었다.

"그 녀석은 언제나 똑같지. 또 잘 모르는 어려운 말을 하더라."

"그렇구나, 안 본 지 오래돼서."

나쓰가 먼 곳을 보는 듯한 눈을 했다.

"그립네, 고등학교 시절. 아직 3년밖에 안 됐는데, 벌써 훨씬 훨씬 옛날 일 같아."

"그러고 보니, 고백했을 때 말이야……."

"?"

"……응, 아무것도 아니야."

말하려다가 그만두었다.

니시나가 말했던 평행 세계 이야기를 하기에는 그럴 분위기가 아니었고, 게다가 어느 쪽에서 고백했느냐 하는 건 아무래도 좋은 이야기다. 우리의 마음은 제대로 돌아가고 있고, 지금 이렇게 같은 시간을 보내고 있다. 그것만으로도 좋았다.

"? 이상해."

나쓰는 그렇게 말하며 웃고 있었다.

──결국, 그때의 위화감이 무엇이었는지 알게 된 것은, 그녀가 없어져 버린 후의 일이다.

실의의 구렁텅이 속에서, 나는 그것을, 그것들을 발견했다.

거기서 나는, 그녀의 생각의 깊이를 알게 되었다.

그리고……, 생각해 보면, 이것이 나쓰와 보낼 수 있었던 마지막 여름이었다.

평온하고 마음이 안정되는 시간을 보내고, 사소한 일로 서로 웃고, 가끔 싸우기도 하고, 하지만 곧 화해를 하고, 새로운 아침을 맞이한다.

나에게는 7월의 끝이 여름의 끝이다.

8월도, 그 후의 9월도, 여름이 아니다.

그녀와 보낸…… 이번 7월만이 유일하게 여름이라고 부를 수 있는 기간이다.

저금도 눈을 감으면 떠오른다.

나쓰와 함께 보낸 7월의 하루하루.

그리고 나쓰를 잃은 7월 끝자락의······ 덥고 더운 하루가.

✻✻✻

4

나쓰와의 하루하루는, 잔잔하게 지나갔다.

그녀와 함께 살게 된 뒤 세 번째 여름이 지나가고, 어딘가 쓸쓸한 가을이 끝나고, 숨이 하얘지는 겨울 너머 새싹이 돋아나는 봄이 기다리고 있고, 그리고 다시 더운 여름이 찾아온다. 그야말로 눈이 땅에 조금씩 내려 쌓이듯 천천히, 하지만 확실하게, 우리는 서로에 대한 마음을 쌓아 갔다.

정신을 차리고 보니 나는 대학 4학년이 되어 있었다. 나쓰와 사귀게 되고 다섯 번째 여름. 그동안 몇 번인가 나쓰의 본가에 방문했다. 나쓰는 가게 일을 계속 돕고 있었고, 장기 휴가에는 며칠인가 묵고 오기도 했다. 하지만 우리 본가에는 한 번도 가지 않았다. 최근 3년 동안 단 한 번도 말이다. 집에 있을 터인 아버지도 아무 말도 하지 않았다. 그건 당연한 일이었다.

그렇다고는 해도, 곁에서 보면 그건 상당히 기이한 일이었을 것이다.

어느 날, 마침내 나쓰가 물었다.

"그러고 보니, 도오루의 본가는 어떻게 돼?"

오히려 그것을 건드리는 게 너무 늦었을 정도였다. 나쓰도 나쓰 나름대로 내 화제 중에 본가에 관한 것들이 전혀 나오지 않는 것을 보고, 신경을 써 주었을 것이다. 하지만 그것도 어지간히 한계였다는 것뿐이다.

"혹시 괜찮다면 말이지만, 한 번쯤 인사하러 가고 싶다……고 할까? 도오루의, 가족이니까."

"그건…….."

말문이 막힌다.

나쓰를 본가에 데려가면 어떻게 될지는, 대체로 상상은 하고 있었다. 하지만 그것을 입으로 말해도 이해해 줄 것이라고는 생각되지 않는다. 저건 그런 문제가 아니다. 잠시 생각한 끝에, 나쓰의 희망에 따르기로 선택했다.

나의 본가를 나쓰와 둘이서 방문한 것은, 그 3일 후인 일요일이었다.

찌는 듯 무더운 날이었다. 7월에는 드물게 눅눅하고 습도가 높아, 땀으로 옷이 끈적끈적한 피부에 달라붙는다. 한증막에 들어간 듯한 기분을 느끼며, 가파른 비탈길을 올라 꼭대기에 있는 길을 따라가자, 집은 3년 전과 다름없는 모습으로 그곳에 있었다. 분명, 앞으로도 아무것도 변하지 않고 폐허처럼 그곳에 계속 있을 것이다.

현관문을 열고 거실까지 가니, 아버지는 거기에 있었다.

"왔어요, 아버지."

아버지는 3년 만에 얼굴을 비친 아들에게 고개를 돌리더니, 마치 모르는 사람을 보는 것 같은 시선을 보냈다.

"……그래."

그렇게 말하고는 읽던 신문지로 시선을 되돌렸다. 그 이후로 아무 말도 하지 않는다. 그 모습에서 이쪽에 대한 흥미는 조금도 느낄 수 없었다.

"아, 저기, 저, 도오루와 사귀고 있는 미즈하라 나쓰라고 합니다. 오늘은 갑자기 찾아와서……."

나쓰가 쭈뼛쭈뼛 그렇게 자기소개를 하려고 해도, 시선을 그쪽으로 돌리려 하지도 않는다.

"……아, 그러냐."

신문에서 눈을 떼지 않고 그렇게 말하더니, 아버지는 그대로 입을 다물었다. 마치 장식물처럼 아무 반응도 보이지 않는다. 나쓰의 곤혹스러운 모습이 보였다.

이윽고 아버지는 일어나 느릿느릿 현관 쪽으로 향했다.

"어디 가는 거야?"

"……경마장이다. 중요한 레이스가 있어."

그대로 아버지는 집을 나갔다. 한 번도 아버지 쪽에서 우리 쪽에 관심을 갖고 뭔가 말을 걸어오는 일은 없었다.

그 뒷모습을 멍한 표정으로 바라보는 나쓰에게 나는 말했다.

"……미안. 이럴 줄 예상은 했지만."

"저어, 어머니는……."

"어머니는 오래전에 이혼하고 나갔어. 지금은 어디서 뭘 하는지 몰라."

"그렇, 구나……."

그대로 우리는 집을 나와, 근처에 있는 공원으로 발길을 돌렸다. 가족들에게 인사를 드리러 온 것이었지만, 당사자인 아버지가 저러면 집에 남아 있어도 소용없다. 그 길 내내 나쓰는 말이 없었다.

"이미 오래전 저런 느낌이었어."

"응……?"

공원에 도착해서 나쓰를 보지 않은 채, 나는 작게 그렇게 말했다.

"아버지는 내가 몇 년 동안 집에 가지 않아도 신경 쓰지 않아. 연락을 안 해도, 소식을 몰라도 아무 걱정을 안 할 거라고 생각해."

공원에서는 아이가 아빠로 보이는 상대와 캐치볼을 하고

있었다. 둘 다 웃는 얼굴로, 목소리를 높이며 공을 서로 던지고 받고 있다. 옛날에는 그런 광경을 보고 부러워했던 적도 있었지만, 지금은 그런 기분도 이미 말라붙어 있었다.

나는 크게 숨을 내쉬고는 말했다.

"우리 아버지……랄까, 부모님 모두 다른 사람에게 관심이 없어."

옛날이라기보다는, 철이 들었을 때부터 위화감은 있었다. 왜 엄마는 항상 집에 없을까? 왜 남의 집 엄마는 밥을 해 주는데, 우리 집에서는 안 그럴까. 직접 만든 도시락이 아니라 왜 돈이 놓여 있을 뿐일까. 왜 같은 이불에서 같이 자 주거나 공원에서 놀아 주거나 하지 않는 걸까.

그런 엄마한테 아빠는 아무런 말도 하지 않는다. 왜 아빠는 언제나 말없이 잠자코 있을까? 왜 웃어 주지 않을까. 왜 아빠는 내가 말을 걸어도, 아무 대답도 안 해 주는 걸까.

어머니는 어머니이기보다는 여성이기를 선택한 사람이었다. 거의 집에 있으려 하지 않았고, 나중에 들은 이야기로는, 아버지 외에 몇 명이나 애인이 있었다고 한다.

아버지는 그런 어머니에게 망집하고 있는 사람이었다. 모든 것에 있어서 어머니가 세상의 중심이고, 그 외의 다른 것은 모두 다음 순위였다. 자식인 나도 예외는 아니었다. 어머니와 달리 집에 있었지만, 아버지와 뭔가를 했던 기억이라는 것이 나에게는 거의 존재하지 않는다. 언제나 어머니 생각만 하고 있었다. 그런데 그게 엄마를 사랑했기 때문이었냐 하면, 그런 것도 아닌 것 같았다. 그저, 그런 어머니에게 헌신하고 있는 스스로를 좋아할 뿐이었다.

요컨대, 우리 가족은 둘 다 자신 이외의 어떤 것에도 흥미를 갖지 못하는 사람들이었던 것이다.

그런 두 사람이 왜 결혼을 해서 아이를 낳았는지는 알 수 없다. 단지 그 결과로써 나는 태어났고, 감정이 없는 무기질적인 집에서 자라게 되었다.

초등학교 고학년 무렵에는 이미 이 세상에는 어쩔 수 없이 그런 성질이 존재하는 것이라고, 나는 어렴풋이 이해하고 있었다.

타인에게 흥미를 가질 수 없다. 오직 자신에 대해서만 관심이 있다. 자신의 아이인데도 사랑할 수 없다.

바위를 물이 뚫듯이 오랜 시간을 들여서, 내 부모님이 그런 성질의 소유자라는 것을 나는 이해했다. 그만큼 그 균열은 깊이 내 안에 새겨져, 정신을 차리고 보니 떼어낼 수 없게 되어 있었다.

그래도 생활비라도 내 준 것은 다행이라고 생각한다.

하지만 그 이외에 필요한 것——아마 아이에게 있어서 가장 불가결한——애정과 같은 것은, 전혀라고 해도 좋을 정도로 주어지지 않았다.

나는 어머니로부터도 아버지로부터도 버림받은 것이다.

이 세계에서, 혼자뿐인 것이다.

그런 생각이, 항상 머릿속에서 떠나지 않았다.

모든 이야기를 다 끝내는 것과 나쓰가 안아 주는 것은 거의 동시였다.

"나쓰……?"

나쓰는 말이 없었다.

아무 말도 하지 않고, 그저 온몸으로 감싸듯 힘껏 내 몸을 안아 주었다.

"계속…… 혼자서 견뎌 왔구나."

이윽고 쥐어짜는 듯한 목소리로 나쓰가 그렇게 말했다.

그 뺨에는 눈물이 흐르고 있었다.

"계속…… 도오루의 마음은 비명을 지르고 있었어. 목소리가 되지 않는 비명을, 계속해서. 그런데 그 사실을 나는 깨닫지 못했어. 이렇게 가까이 있었는데, 도오루가 괴로워하는 걸 보지 못했어. 미안해……."

"그런, 건……."

부모님이 자신에게 관심이 없는 것. 그 자체는 이미 익숙해져서, 아무것도 느끼지 못한다.

사람과 깊이 관계되는 것은 서툴러졌지만, 그 이외에는 특별히 불편함을 느끼지 않는다. 느끼고 있지 않을…… 터였다.

하지만 나쓰는 고개를 흔들었다.

"깊이 새겨진 상처는…… 상흔이 되는 거야. 너무 깊어서, 거기에 상처가 있다는 것을 잊어버릴 정도로. 하지만 느끼지 못할 뿐 상처는 분명히 거기에 있어. 없어진 것도, 처음부터 아예 없었던 것도 아니야. 고통을 느끼지 못하게, 조금씩 그 사람의 몸과 마음을 괴롭혀 가는 거야……."

"……."

"언젠가는 분명 좋아질 날이 올지도 모른다는, 그런 허튼소리는 하지 않을게. 아니, 말할 수 없어. 사실 도오루의 부모님은 그런 사람들이 아니라든가, 무슨 사정이 있어서 냉랭한 태도를 취하고 있었다든가, 어쩌면 앞으로는 달라질지도 모른다든가, 그런 말은. 하지만—."

나쓰는 거기서 똑바로 내 눈을 보았다.

강한 눈동자였다.

"도오루가…… 세상에서 혼자만이 아니라는 것만은, 말할 수 있어. 자신이 세상에서 혼자일 거라고 생각하지 마. 나는…… 무슨 일이 있어도, 도오루 곁에 있을 테니까."

왜일까.

그 말은, 녹아내리듯 내 마음에 스며들었다.

뚫린 바위에 새겨진 자국을 메우듯, 갈라진 땅에 새하얀 눈이 내려 쌓이듯.

그렇구나, 나는 계속…… 누군가가 그 말을 해주길 바랐구나. 그런 당연한 말을, 누군가가 해 주었으면 했어.

그것이야말로 내 '소원'이었는지도 모른다.

혼자만이 아니라는 것을 긍정받고── 누군가를 진심으로 신뢰할 수 있게 되는 것이.

캐치볼을 하던 부자는 어느새 사라져 있었고, 공원에는 우리 이외에 사람의 모습은 보이지 않았다. 정적 속에서, 바람에 흔들려 그네가 흔들린다. 그 끼익 하는 소리가, 왠지 귀에 강하게 울렸다.

"……그때와는, 반대네."

"어?"

홀연히 나쓰가 중얼거렸다.

"도오루가 나를 안아 준 날. 할머니가…… 돌아가신 날."

나쓰의 조용한 말에, 그날의 일이 생각난다.

그건 분명, 4년 전 눈이 흩날리는 겨울날이었다.

하쓰 씨의 병세가 위중하다는 소식을 듣고, 우리는 병원으로 향했다.

추운 날이었다. 내쉬는 숨이 하얘서 그냥 얼어붙어 버리는 건 아닐까 싶을 정도로 공기가 차가웠다.

병실에 도착하자 하쓰 씨는 잠들어 있었다.

그 숨소리는 평온해서 도저히 죽을 지경에 이른 사람 같지 않았다. 하지만 의사의 말로는, 이미 눈을 뜰 체력도 남아 있지 않는 상태로, 이대로 완만하게 목숨이 다하기만을 기다릴 뿐이라고 한다.

병실에는 시게유키 씨도, 나나코 씨도 있었다. 나쓰와 셋이서 하쓰 씨의 손을 꼭 잡고, 무언가를 기원하듯 서로의 얼굴을 바라보고 있었다.

그대로 시간이 얼마나 지났을까?

이윽고 그때가 왔다.

하쓰 씨의 호흡이 작고 가늘어져, 마침내는 거의 느껴지지 않을 정도가 되었다. 나쓰와 가족은 목소리를 높여 하쓰 씨의 이름을 저마다 불렀다. 그 목소리가 닿았는지, 하쓰 씨는 마지막으로 한 번 눈을 뜨고는, 나쓰의 귓가에 뭔가를 작게 속삭이고, 그것을 마지막으로 눈을 뜨지 못했다.

바로 우리는 병실 밖으로 쫓겨났고, 대신 의사와 간호사가 여러 명 들어갔다. 시게유키 씨와 나나코 씨는 의사와 무언가를 이야기하고 있었다. 문득 보니 나쓰의 모습이 보이지 않았다.

"나쓰?"

어디로 간 걸까? 찾아보니, 안뜰에서 홀로 서 있는 나쓰의 모습이 보였다.

"나쓰——"

"괜찮아."

"어?"

말을 걸려던 나에게 그런 말이 돌아왔다.

"나는 괜찮, 아. 각오는…… 하고 있었으니까. 고마워, 도오루. 걱정해 줘서."

"나쓰…….."

"도오루, 그런 얼굴 하지 마."

내 어깨를 두드려 억지로 미소를 지으려고 한다.

하지만 그 딱딱한 미소가, 내게는 찢어질 것 같은 마음을 필사적으로 억누르고 있는 것처럼 보였다.

그래서, 그냥 놔둘 수가 없었다.

정신을 차리고 보니, 나는 나쓰를 껴안고 있었다.

"도오루……?"

"……괜찮아."

"어……?"

"괴로울 때는…… 울어도 괜찮아. 울고, 다 쏟아 내는 거야. 그러지 않으면 마음이 닳아. 닳아서…… 없어진 것도 모르게 되어 버려. 괜찮아, 여기서는 울어도, 눈 소리가 지워 주니까."

"도오루……."

"알겠지?"

내 팔 안에서, 나쓰가 크게 훌쩍거렸다.

내 옷을 잡고 있던 손에, 힘이 꼬옥 들어갔다.

"……라고, 말했어……."

"어?"

"……할머니…… 마지막에, 고맙다고 하셨어……. 나쓰가 있어 줘서, 태어나 줘서 행복했다고……. 나, 아무것도 안 했는데…… 정말 좋아하는 할머니한테 아무것도 못 했는데, 그런데……."

"……."

"……싫어…… 이렇게 헤어지다니…… 싫어……. 사실은 훨씬 더 같이 있고 싶었어……. 은혜를 갚고 싶었는데……."

"……."

"……으……으윽……"

그대로, 나쓰는 작게 오열을 터뜨렸다.

내 가슴 안에서, 목소리를 누르고 울고 있었다.

그런 나쓰에게, 나는 그저 말없이 그녀의 머리를 쓰다듬고 있었다.

그렇다. 그때는 정말 지금과 반대의 상황에서······.

"──그때 했던 말 그대로 돌려줄게. 힘들 때는 울어도 돼, 아니 울어야 돼. 그렇지 않으면 마음이 닳아서 없어져 버려. 상처를 상처라고 인식할 수 없게 되니까······."

"나쓰······."

정신을 차리고 보니, 눈물이 흘러내리고 있었다.

나쓰의 팔 안에서, 어린아이처럼 몸을 맡긴 채 울고 있었다.

분명······ 내 안의 상흔은, 그렇게 쉽게 사라지지는 않을 것이다. 평생을 두고 함께 걸어가야 할 자신의 일부와 같은 것이라고 생각한다.

하지만 마주 볼 수는 있다.

고칠 수는 없어도, 상흔의 아픔을 덜어줄 수는 있다.

나쓰의 팔의 온기를 느끼며, 그렇게 믿을 수 있었다.

5

7월도 중반을 지나 대학은 여름방학에 접어들고 있었다.

나는 나쓰와 둘이서 가까운 곳으로 1박 2일간의 작은 여행을 가기로 했다.

나도 대학 4학년이 되어, 취직을 위해서 여러 가지 준비를 시작해야 할 시기가 되었다. 그래서 둘만의 여유 있는 시간이 좀처럼 나지 않아, 추억 만들기로 여행을 선택한 것이다.

향한 곳은 이즈다.

"특급열차라니, 오랜만이다. 조금 설레는 것 같아."

가마쿠라에서 요코하마까지 요코스카선으로 나와, 거기에서 특급 오도리코로 갈아탄다. 특급열차 여행을 느끼게 해주는 공기는 신선해서, 해방감에 가슴이 뛰는 것을 느꼈다. 숙소를 잡은 이토까지는, 약 두 시간 거리였다.

여러 가지 일을 하기로 마음먹었다.

숙소에 짐을 놓고, 우리는 먼저 바다로 향했다. 이미 근처 다이빙숍에 체험 스쿠버다이빙을 예약해 두었다.

나도 나쓰도, 둘다 스쿠버다이빙은 처음이었다. 기초적인 강습을 받은 뒤, 실제로 바닷속으로 잠수했다.

"바다에서 수영해 본 적은 있지만, 잠수하는 건 처음이라 조금 긴장 되네."

나쓰는 그렇게 말하며 조금 걱정 되는 것 같았다. 나도 불안하지 않느냐고 물으면 거짓말일 것이다.

그런데 막상 바닷속으로 다이빙을 해 보자, 그런 마음은 금방 어디론가 날아가 버렸다.

일단은 그 컬러풀함에 놀랐다. 이 근처 바다에 있는 물고기는 정어리, 전갱이 등 이른바 흔한 물고기뿐일 것이라고 생각했지만, 완전히 오산이었다. 10m 앞까지도 보일 듯한 투명한 물속에는, 남국으로 착각할 만큼 형형색색의 물고기들이 헤엄치고 있었다. 흰동가리, 도화돔, 범돔, 나비고기, 빨간씬벵이, 쏠배감펭, 비늘베도라치. 그중에는 구로시오 해류를 타고 남쪽에서 왔지만, 가을이 되어 수온이 내려가면 그대로 죽어 버리는 사멸회유어도 많이 있다고 한다.

심지어 그뿐이 아니었다. 물고기 이외의 생물도 풍부해서, 성게나 말미잘, 게나 새우, 바다 고둥이나 불가사리, 해삼 등의 모습도 많이 볼 수 있었다. 어느 것이나 평소에는 좀처럼 보기 힘든 것들이다.

그 엄청난 물고기 무리에 압도당해 있는데, 나쓰가 내 어깨를 콕콕 찔렀다.

(대단하다, 예쁜 물고기들이 엄청 많아.)

(응.)

(이렇게 예쁜 물고기가 많이 있다면, 인어가 있어도 이상하지 않겠어.)

물속에서는 레귤레이터를 물고 있기 때문에 실제로 그렇게 대화를 나눈 것은 아니지만, 나쓰는 확실히 그렇게 말하고 있었던 것 같았다. 육지로 올라온 후에 확인해 보니 내 생각은 거의 맞았고, 그때는 나도 모르게 웃음이 터져 버렸다.

나쓰도 긴장이 완전히 풀린 듯, 그때부터 15분 정도 여유롭게 바닷속 산책을 즐겼다.

스쿠버다이빙을 마친 뒤에는, 인근 모래사장에서 보물찾기를 했다. 왠지 이렇게 천천히 둘이서 보물찾기를 하는 건 꽤 오랜만인 것 같기도 했다.

"오토메다카라, 또 찾을 수 없을까."

"역시 어렵지 않을까. 좀처럼 발견되는 것이 아니라고도 하고."

"그래도 알 수 없어. 도오루가 있으니까, 어쩌면 또 그 설마가 있을지도 몰라."

"흐―음."

오토메다카라가 이 근처 바다에서 발견될 확률은 거의 없다는 것 같다. 원래가 와카야마 남쪽부터 더욱 남쪽 바다에서 채취할 수 있다고 한다. 그 사실을 생각하면, 그때 유이가하마에서 오토메다카라를 발견할 수 있었던 것은, 거의 기적이라고 해도 좋았다.

"그건 도오루의 재능이네. 트레저 헌터의 재능."

나쓰는 그렇게 말하며 웃었다. 아쉽게도 이번에는 오토메다카라가 발견되지 않았지만, 돌고래의 귀 뼈나 성게 껍질

등의 조금 덜 희귀한 레어 아이템은 발견할 수 있었다.

모래사장에서 비치코밍을 충분히 즐긴 우리는, 다음에 이토 마린타운으로 향했다. 그곳은 제법 규모가 큰 휴게소로, 다양한 기념품과 명산품들이 즐비했다. 우리는 거기서 나나코 씨 부부나 니시나에게 줄 선물, 우리가 갖고 싶은 것들을 둘러보았다.

"나쓰, 부모님에게는 지역 특산 녹차가 좋을까?"

"응. 아빠한테는 생고추냉이 같은 것도 좋을지 몰라. 아, 봐봐, 이즈 한정판 금눈돔 볼록 스트랩이래! 귀여워."

"금눈돔 볼록……?"

"있지, 이거 사자. 그래서 커플로 스마트폰에 다는 거야."

"……. 이걸?"

"응."

나쓰가 무척이나 즐겁게 말해서, 나는 고개를 끄덕일 수밖에 없었다.

산 뒤에 다시 봐도, 금눈돔 볼록은 독특한 조형이긴 했지만, 귀엽다라는 단어와는 가장 멀리 떨어진 위치에 있을 것이라는 생각이 들었다. 이걸 커플로 달고 있는 것을 본다면, 니시나에게 다시 놀림 받을 거라고, 마음속으로 쓴웃음을 지으며 생각했다.

숙소로 돌아올 무렵에는 해는 완전히 저물었고, 주변은 온통 어둠으로 물들어 있었다.

체크인은 이미 마쳤기 때문에, 프론트 직원에게 돌아왔다는 사실을 알리고 방 열쇠를 받았다. 그때 호텔 종업원이 나쓰를 보며 이렇게 말했다.

"저희 관의 서비스로, 여성분은 이쪽에서 관내용으로 원하시는 무늬의 유카타를 선택하실 수 있습니다. 괜찮으시면 어떠세요?"

"우와, 예쁘다! 아무거나 골라도 돼요?"

"네, 괜찮아요. 어떤 걸로 하시겠어요, 사모님?"

그 말에, 나쓰가 눈을 깜박이며 당황했다.

"아, 저어……, 그, 부인이 아니에요."

"네? 아, 이거 실례했습니다. 너무 잘 어울리셔서, 그런가 보다 하고."

"……."

"……."

더욱 미소를 지으며 그렇게 말하기에, 둘이서 얼굴을 마주 보고 빨개지고 말았다.

문득 생각한다. 예를 들어, 언젠가 나쓰와 결혼을 하고, 가족으로서 다시 이곳을 찾는 날이 올까. 어쩌면 그때에는 아이도 있을지 모른다. 그것도 혼자가 아니라, 두 명일 수도 있고 세 명일 수도 있다. 그런 미래를 생각하는 것만으로도 가슴이 따뜻해졌다.

나쓰가 선택한 건 붓꽃 무늬 유카타였다. 이전에 입었던 나팔꽃 무늬도 좋았지만, 이런 차분한 무늬도 나쓰에게는 잘 어울린다. 솔직히 말하면, 내가 보기에는 무엇을 입어도 잘 어울린다고 느끼는 것 같지만.

안내받은 방은 널찍한 일본식 방으로, 식사도 가져다 주어서 그곳에서 먹었다. 금깨두부, 토종 생선회 모둠, 전복 버터 간장 스테이크, 금눈돔 조림. 다 너무 맛있어서 우리는 같이 입맛을 다셨다. 이 조림의 양념을 기억해 둬야지, 하고 나쓰가 진지한 얼굴로 말하고 있었다.

그리고 이토 하면 온천이다. 관내에는 세 개의 노천탕이 있었고, 그중 하나는 대절 가능하기에 신청했더니 운 좋게 예약할 수 있었다. 함께 목욕하는 일은 거의 없기 때문에, "뭐, 뭔가…… 쑥스럽네. 아하하" 하고 나쓰가 수줍은 듯 웃었다.

행복했다.

이렇게 나쓰와 한가롭게 보내는 시간은, 그 무엇과도 바꿀 수 없는 보물이라고 생각했다.

그야말로, 인생이라는 광활한 모래사장에서 발견한 오토메다카라처럼.

❄❄❄

창밖에서는 벌레 소리가 들리고 있었다.

살짝 열린 커튼 사이로, 푸른빛을 띤 부드러운 달빛이 새어 들어온다.

왠지 잠이 오지 않았다.

낮 시간이 너무 즐거웠기 때문일까. 몸은 피곤한데 머릿속이 각성해 버렸다. 마치 수학여행 중인 초등학교 학생처럼, 의식이 맑았다.

그래—— 너무 재미있었다. 너무 즐거워서, 마음속이 그것으로 가득 차 버렸다. 그래서 더욱 이 행복한 시간이 언제까지나 계속될 것 같은, 그런 착각에 사로잡혀 있었다. 나쓰와 가족이 되어, 평온한 인생을 함께 살아간다. 이대로라면, 그런 일이 이루어질 리가 없는데.

뒤척였다.

낯선 이불의 감촉은 어딘가 서먹서먹하고, 등도 불편했다.

"——저기, 도오루, 아직 깨어 있어?"

부르는 듯한 목소리를 듣고, 나는 안으로 향하던 의식을 끄집어 올렸다.

옆 이불을 보니 나쓰가 이쪽을 바라보고 있었다.

대답 대신 살짝 나쓰의 머리를 쓰다듬는다.

"아, 역시 깨어 있었어. 자는 척했구나."

"그런 건 아니야. 그냥 잠이 잘 안 와서."

"음——, 정말인가——?"

목을 울리듯 웃으며 나쓰가 말했다.

"있지, 도오루, 그쪽으로 가도 돼?"

"어? 아, 응."

내가 고개를 끄덕이자, 여름은 기쁜 듯한 얼굴을 하고 내 이불로 이동했다. 그리고 그대로 꼬옥 내 가슴에 조그맣게 안겼다.

"헤헤, 도오루의 냄새다."

"땀 냄새 나지 않아?"

"전혀. 나 도오루의 냄새 좋아해."

그렇게 말하고, 이불 속에서 몸을 동그랗게 말았다. 마치 재롱을 부리는 작은 고양이 같았다.

"왠지 이러고 있으면 안심이 돼. 응——, 도오루에게 감싸여 있는 것 같아."

"나쓰, 의외로 어리광이 많네."

"도오루가 상대라면, 내 안의 응석받이 게이지가 맥스가 되고 맙니다."

"그게 뭐야?"

"으, 정색을 하고 물으면 부끄럽습니다만……, 어쨌든 도오루를 좋아한다는 이야기야."

잠시 우리는 하염없이 수다를 떨며 서로 웃고 있었다.

이윽고, 어느 쪽이 먼저인지 모르게 말이 적어진다.

정적이 주위를 감싸고, 들려오는 것은 창밖에서 새어 들어오는 나뭇잎 스치는 소리뿐이었다.

나쓰가 가만히 내 눈을 봤다.

그 얼굴은, 달빛에 비쳐져 파랗다.

그리고, 이렇게 말했다.

"있지, 도오루."

"응?"

"아이…… 갖고 싶지, 않아?"

마치 아무렇지도 않은 듯한 어조였다. 하지만 뭔가 아주 소중한 것을 다루는 듯한 정중한 울림을 담고 있었다.

"아이……."

"응. 남자아이든, 여자아이든, 둘 중 어느 쪽이든."

생각해 본 적이 없는 건 아니었다. 나쓰와의 미래를 내다보고 있는 이상, 그건 당연히 가능성으로 올라오기 마련이다. 하지만 동시에 고민도 했다.

과연, 나는 태어난 아이에게 관심을 가질 수 있을까 하고.

우리 부모와 마찬가지로, 자녀에게 관심이 없는 부모가 되어 버릴까 봐. 물론 그렇게 되고 싶지는 않고, 될 생각도 없다. 하지만 일말의 불안은 있었다. 그래서…… 그때는 결단을 내리지 못했다.

그녀를, 거절해 버렸다.

만약 그때 그곳에서 그녀의 요구에 응했다면, 뭔가 달랐을까.

망설임 없이 즉답할 수 있었다면, 미래는 과연 달라졌을까.

모르겠다.

결국, 나는 그때 그녀의 마음에 부응하지 못했다. 내 태도로 미루어 짐작했을 것이다. 나쓰는 "아, 미, 미안해. 아니, 지금 당장이라는 거 아니야. 도오루는 내년부터 취직도 해야 하고, 그게 궤도에 오르고 나서…… 그, 신경 쓰지 마. 잊어 주면 좋겠어" 하고 쓸쓸히 웃었고, 더 이상 아무 말도 하지 않았다. 그건…… 지금도 꿈에 나올 만큼 아쉬운 것 중 하나다.

하지만 이번에는 아니다.

나쓰와 함께라면, 틀림없이 무슨 일이 있어도 극복해 나갈 수 있다.

행복하고 편안한 가족을 만들어 갈 수 있다.

지금은 그렇게 생각하고 있었다. ……그래, 나쓰만 있으면.

그래서, 나는 이렇게 대답했다.

"나도, 나쓰와 같은 마음이야."

"어……?"

"나도 아이 갖고 싶어. 나쓰와…… 가족을 만들고 싶어."

"도오루……."

커튼 사이로 새어 들어오는 푸른빛이, 우리 주위를 부드럽게 감싸고 있었다. 바람이 밖의 나뭇잎을 흔드는 소리가 희미하게 울렸다.

꼬옥, 나쓰의 몸을 껴안았다. 따뜻하고 부드러운, 한여름의 양지 같은 감촉. 살짝 비누 냄새와 나쓰의 향기가 풍겨와, 나는 더 이상 참을 수 없었다.

그녀를 놓치고 싶지 않았다.

다시는, 잃고 싶지 않았다.

다시 한번, 힘껏 껴안는다.

품 안에 있는 나쓰가, 그녀의 존재가, 그저 사랑스럽다고 생각했다.

방 안에는 부드러운 공기가 감돌고 있었다.

연청색으로 물든 열 평 정도의 공간. 팔 안에서는, 나쓰가 잠든 채 평온하게 숨 쉬고 있다.

그 머리카락을 살짝 쓰다듬고, 나는 창밖의 달로 눈길을 향했다.

이런 기분이 드는 날이 오다니, 스스로도 믿을 수 없었다.

가족을 갖고 싶다고 생각하는 건 있을 수 없다고 생각했고, 사실…… 그때는 그랬다. 나쓰의 깊은 마음에 정면에서 온전히 대답하는 것을, 나는 결심할 수가 없었다.

하지만 그렇지 않은 선택을, 이번에는 할 수 있었다.

후회하지 않는 행동을 취할 수 있었다.

세상에 있을 수 없는 일이란 없다. 그야말로 '7월의 눈'처럼.

나쓰의 말이 옳았구나.

진심으로, 그렇게 실감했다.

❄❄❄

6

나에게 나쓰는 어떤 존재였을까.

어느 때라도 밝게 비춰 주는 태양과 같은 존재. 지켜야 할 소중한 존재. 앞으로의 미래를 함께 걸어가고 싶은 존재.

그리고…… 다른 누구도 아닌, 둘도 없는, 유일한 존재.

나쓰는, 나에게 있어 전부였다.

이즈로 향했던 작은 여행에서 돌아온 지 일주일이 지난 어느 날, 나쓰에게 초대받았다.

"도오루, 오늘 시간 어때?"

"오늘? 괜찮을 거야."

오늘은 아르바이트도 없었고, 특별히 다른 일도 없다.

"그렇구나, 다행이다. 그럼 이제부터 조금, 따라와 주지 않을래?"

"좋아. 그런데, 어디에?"

"그건 도착한 후의 즐거움이야. 비밀."

즐거워하는 나쓰가 내 팔을 잡고, 집을 나선다.

밖은 오늘도 햇살이 강해서, 더워질 것 같다.

나가는 길에 무심코 현관 옆을 보니, 달력이 눈에 들어왔다.

오늘은 7월의 마지막 날이었다.

❄❄❄

7월 31일.

그래, 이날을, 나는 결코 잊은 적이 없다.

이날은 나에게, 아니 우리에게 있어 운명의 날이다.

이날을 위해, 나는 저 푸른 바다에 '소원'을 빌었다.

나쓰가 목숨을 잃는…… 이날을 위해서.

❄❄❄

❄❄❄❄

나쓰에게 이끌려 간 곳은 가타세에노시마역이었다.

살갗을 태우듯 햇볕이 내리쬐는 더운 날이었다. 언제 보아도 변하지 않는 화려한 붉은 색의 역사를 나와, 국도변을 따라 바다 쪽으로 걸어간다. 방향으로 보아, 아무래도 에노시마 본섬으로 향하고 있는 건 아닌 것 같았다. 도중에 모래사장이 눈에 들어온다. 여름방학의 한복판이라, 해변은 많은 해수욕객들로 붐볐다. 얼마나 많은 수가 모였을까. 대단히 혼잡했다. 그중에, 문득 낯익은 얼굴을 발견했다.

"……?"

그 여자아이였다.

새하얀 원피스를 입은, 인어 같은 여자아이.

그런데 표정이 평소와 달랐다. 무언가 화가 난 듯 험악한 얼굴로, 이쪽을 똑바로 바라보고 있다.

무슨 일이 있었던 것일까? 말을 걸까 했지만, 잠시 눈을 뗀 틈에 그녀의 모습은 인파 속으로 사라지고 없었다.

"왜 그래?"

"어, 아니야."

궁금하긴 했지만, 이내 그 일은 머리에서 사라졌다.

분명, 우연히 뭔가 내키지 않는 일이 있었을 것이다. 어쩌면 잘못 본 것일지도 모른다. 그리고 오늘은…… 어떻게든 해내야만 하는 일이 있다. 그리고 그때는 벌써 바로 앞까지 다가와 있다. 여러 대의 차가 교차하는 국도를 보면서, 나는 정신을 가다듬고 있었다.

그러고 나서 한참을 걸어 도착한 곳은 수족관이었다.

국도변에 있는, 이 근처에서는 유명한 수족관이다.

"수족관? 물고기 보는 거야?"

"괜찮아, 괜찮아. 아, 여기서부터는 잠깐 눈을 좀 감아 줄 수 있을까?"

"눈을?"

"응."

그때와 같은 대화를 나누고, 시키는 대로 눈을 감는다. 그러자 나쓰가 내 왼손을 꼭 잡았다. "따라와."

어둠 속을, 나쓰의 손에 이끌려 걸어간다.

관내는 에어컨이 켜져 있어 서늘했다. 주변에서는 어딘지 모르게 물 냄새와 기척이 나서, 그리운 기분이 든다. 그러고 보니 수족관 같은 곳에는 꽤 오랫동안 오지 않았던 것 같다. 아마 초등학교 때 소풍 온 게 마지막일 것이다. 그렇다는 건 10년 이상 전이라는 이야기이다. 10년 넘게 지나 모처럼 수족관에 와서 눈을 감고 있다는 것도, 참으로 이상한 이야기였다

그리고 5분 정도 걸었을까?

나쓰가 걸음을 멈추었다.

"나쓰?"

부르자, 무언가를 준비하는 기색이 전해져 왔다.

그리고,

"──응, 됐어. 눈 떠."

나쓰의 목소리를 듣고 눈을 뜬다.

순간, 어둠에서 빛에 노출된 눈이 적응하며, 시야 전체가 새하얗게 변한다.

잠시 후 시력이 돌아왔고,

"아……."

나는 할 말을 잃었다.

그 광경은 아무리 생각해도, 선명하고 강렬했다.

그곳에는…… 큰 수조 안에서 서서히 내려 쌓이는 '7월의 눈'이 있었다.

"마린 스노우."

나쓰가 속삭이듯 말했다.

"심해에 내리는 눈이라고 해. 플랑크톤이 모여서 생긴 것들이, 하얗게 발광하면서 천천히 침강해서, 해저로 쏟아져 내리는 그 모습에서 그렇게 불리게 된 것 같아. 심해에 사는 인어들이 춤을 춰서 내려 쌓인다고 해서 '인어의 눈'이라고도, 해설이라고도 부른대."

"이게 '7월의 눈'……이야. 지금 이 시기에도, 심해에서는 이렇게 '7월의 눈'이 내리고 있어. 아무래도 진짜는 보여주지 못했지만, 재현시킬 수는 있다고 해서 계속 부탁했어. 꽤나 조건에 좌우되고, 비용도 많이 들어서 실현하기까지 시간이 걸리긴 했지만……."

"이게 '7월의 눈'……."

그것은 지금까지 본 적이 없는 아름다운 광경으로, 조용히 내 가슴을 울렸다.

한동안 그 신비로운 모습에 압도당했다.

불가사의한 감각이었다.

인어의 눈물로 여겨지는 푸른 바다도, 이 평온함과 신비로 수놓인 '7월의 눈'—— 마린 스노우도, 모두 플랑크톤에 의한 것이다. 눈에 보이지 않을 정도로 미세한 생물들이 모여들어 이렇게 아름다운 광경의 일부가 된다.

이것이야말로, '소원'이 아닐까.

눈에 보이지 않는 마음이 모여, 기도에 의해 서로 녹아서 '소원'이라는 빛을 형성한다. 빛은 모여서 집속하고, 이윽고 희망으로 승화되어 간다.

뜻밖에도, 역시 나쓰가 말했던 게 옳았다는 것일까.

수조 안에서 소리도 없이 쏟아져 내리는 새하얀 눈을 보며, 그렇게 확신한다.

"……."

그래서 나는 말하기로 했다.

그때는 하지 못했던 말을, 이번에야말로 전하고 싶었던, 마음속에 간직한 말을, 내 눈앞의 누구보다도 소중한 사람에게 전하려고 했다.

"나쓰."

"응, 왜?"

나쓰가 돌아보았다.

마린 스노우의 광원을 배경으로, 낯익은 얼굴이 옅은 흰색으로 빛나고 있는 것처럼 보인다.

그 둥그렇게 흰 쌍꺼풀 눈동자를 똑바로 바라보며, 나는 말했다.

"——결혼하자."

아마, 있는 그대로의 마음을 담아 말했다고 생각한다.

"……?!"

나쓰가 전혀 예상하지 못한 듯한 얼굴이 되었다.

눈을 껌벅이며, 얼굴을 물 끓이는 주전자처럼 힘차게 붉히며, 조그맣게 물었다.

"어, 도, 도오루……? 그, 그건, 무슨 뜻……?"

"말 그대로의 의미야. 나는 나쓰와 계속 같이 있고 싶어. 가족이 되고 싶어. 그러니까…… 나와 결혼해 주지 않을래?"

"아, 어, 그…….."

이건 각오다.

동시에, 결의이기도 하다.

앞으로 일어날, 비참한 미래를 바꿔 보이겠다고 다짐한, 나의 '소원'이다.

나쓰는 한동안 방심한 듯 붉은 얼굴로 서 있었다.

하지만 이윽고 붕붕 머리를 흔들고, 정면에서 내 눈을 본다.

그리고 조그맣게, 하지만 확실히, 고개를 끄덕였다.

"……자, 잘 부탁드립니다……."

✵✵✵✵

7

행복과 불행이라는 건, 균형을 이룰 수 있게 되어 있는 것일까.

무언가 좋은 일이 일어나면 그것을 비웃는 것처럼 나쁜 일이 일어나고, 무언가 나쁜 일이 일어나면 그것을 보충하듯 좋은 일이 날아든다. 화복은 꼬아 놓은 새끼줄과 같다고 흔히 말하는 것 같다. 하지만 이 자그마한 행복 뒤에 찾아온 불행은, 나에게는 너무나도 컸다.

✸✸

수족관에서 돌아오는 길이었다.

우리는 국도변 길을 나란히 걷고 있었다. 이 국도는 차량 통행이 많은 것으로 알려져 있다. 특별히 의식한 것은 아니지만, 나쓰가 보도 쪽에 서도록 해서 우리는 돌아오는 길을 걷고 있었다.

그때의 나는, 조금 기분이 우울해져 있었다.

'7월의 눈'을 볼 수 있었다.

한여름인데도 심해에 쏟아지는 새하얀 눈. 대단했다. 말로는 다 표현할 수 없을 만큼 가슴을 울리는 광경을, 나쓰가 보여 주었다.

하지만 거기에 응할 수 있는 말을…… 나는 전할 수가 없었다.

"결혼하자."

그 한마디를, 도저히 입 밖으로 꺼내지 못했다.

그것 때문이기도 했던 것 같다.

평소보다 주위를 향한 주의가 산만해졌다.

처음에는 조금 이상하다, 싶을 정도였다.

마주 오는 차선을 달리던 차. 마치 타이어가 펑크라도 난 것처럼 차체가 흔들거렸다. 술주정뱅이가 운전이라도 하고 있는 것일까. 명백히 이상하다고 생각했을 때는 늦었다. 구불구불 운행하며 길을 크게 벗어난 차는, 그대로 이쪽을 향해 돌진해 왔다. 피하려고 했지만, 도저히 시간에 맞출 수 있는 거리가 아니었다.

그래── 시간에 맞출 수 있는 거리가 아니었을 터다.

"도오루……!"

차가 눈앞에 닥치는 순간, 쿵! 하고 몸이 떠밀리는 감촉이 느껴졌다.

시야가 반전되고, 아스팔트의 뜨거운 감촉이 뺨을 거칠게 어루만진다.

무슨 일이 일어났는지, 바로 이해할 수 없었다.

다만 아스팔트 타는 냄새와 휘발유가 섞인 역겨운 냄새만 주변에 풍기는 게 느껴졌다.

휘청거리는 머리를 누르면서 몸을 일으켰고…… 그제서야 겨우 무슨 일이 일어났는지 알 수 있었다.

"나쓰……."

꿈이었으면 하고 바랐다.

이건 악몽이고, 눈을 뜨면 여느 때처럼 곁에서 자던 나쓰가 미소 지어 줄 것이라고 생각하고 싶었다. 그런데 아무리 뺨을 때려도, 꿈이 깨지 않았다.

눈앞의 광경이, 지금이 꿈속임을 긍정해 주지 않는다.

"……나쓰……."

다시 한번 이름을 불렀다.

그러나 대답은 없다.

연기를 내뿜으며 대파된 차의 바로 옆.

거기에는…… 새빨갛게 물든 도로 위에 누워 있는 나쓰의 모습이 있었다.

머리가 아프다.

눈 안쪽이 움찔거린다.

움직일 수가 없었다.

그저 온몸이 떨릴 뿐, 손가락 하나 까딱할 수 없었다.

멀리서 울리는 구급차의 사이렌 소리만이, 악몽처럼 울려 퍼지고 있었다.

❊❊

8

❊❊

그 이후의 일은 잘 기억나지 않는다.

곧바로 구급차가 도착했고, 움직이지 않는 나쓰와 함께 구급차에 탔다. 병원에 도착하자, 소리 없는 무기질 복도에서 잠시 기다렸고, 나쓰가 죽었다는 말을 들었다. 무슨 말을 하는 건지 전혀 알 수 없었다. 꿈이라도 꾸고 있는 것 같았다. 늦게 도착한 시게유키 씨와 나나코 씨가 사정을 물어도 아무 대답도 할 수 없었다. 대신 그저 두 사람 앞에서 계속 고개를 숙이고 있었던 것만은 기억하고 있다.

거기서부터는, 기억이 단편적이다.

꽃으로 장식된 방.

목소리를 낮추어 우는 사람들.

웃는 나쓰의 영정.

거짓말처럼 푸른 하늘로 빨려 들어간 새하얀 연기.

망연자실하면서도 어떻게든 그 자리에 계속 있을 수 있었던 건, 니시나가 여러 가지로 팔로우를 해 줬기 때문일 것이다.

하지만 머릿속에서는 모든 것이 엉망진창이라, 아무런 생각도 할 수 없었다. 마치 세상이 뒤집혀서, 그때까지 땅인 줄 알았던 것이 불안정한 진흙 바다가 되어 버린 듯한 감각이었다.

나쓰가 사라져 버렸다.

나쓰가 이제 이 세상 어디에도 없다.

나쓰가 옆에서 웃어 주는 일은, 이제 없다.

이런 걸 믿을 수 있을 리가 없었다.

그럼에도 계속되는 이런 일상은 무언가의 실수이고, 잠시만 참으면 분명 나쓰는 돌아와 줄 것이다. "음, 왜 그래, 도오루, 그런 얼굴 하고. 이상해"라며 여름처럼 웃어 준다. 그렇게 믿으려고 했다.

하지만 그런 날은 아무리 지나도 찾아오지 않았다.

실수는 실수인 채 숙연하게 시간만 지나갔다.

다만, 하루하루가 공허했다.

아무것도 손에 잡히지 않았다.

먹는 것도, 잠드는 것도, 숨 쉬는 것조차 귀찮았다.

방에 틀어박힌 채 죽은 듯이 지내는 날들이 이어졌다. 스마트폰에 착신이나 문자가 산더미처럼 와 있었지만, 확인할 마음조차 생기지 않았다. 차라리 나도 나쓰에게 가 버리면 편하지 않을까. 그렇게 생각해 본 적도 한두 번이 아니다.

나쓰가 사라진 방에서, 그저 그녀가 남긴 것들에 둘러싸여 그 추억에 매몰된다.

저 머그컵으로 매일 아침 함께 커피를 마셨다. 현관에 걸려 있는 열쇠고리는 이즈 여행에서 기념품으로 사 온 것이었다. 책상 위 포토 스탠드에는 눈부시게 웃는 나쓰의 얼굴이 찍혀 있다. 더 이상 손이 닿지 않는 과거에 의지하는 것으로, 어떻게든 제정신을 이어가고 있었다.

그런 시간을 얼마나 보냈을까.

정신을 차리고 보니 따뜻했던 계절은 끝나고, 창문으로 보이는 나무들도 물들기 시작할 무렵이 되어 있었다.

──그것을 발견한 건, 정말 우연이었다.

방 곳곳에 남은 나쓰의 단편을 찾다가, 그녀가 좋아했던 책을 무심코 손에 쥐었을 때의 일이었던 것 같다.

"……?"

거기에 편지지 한 장이 끼어 있는 것을 눈치챘다.

이건 뭘까.

생각이 정리되지 않은 머리로 접힌 편지지를 펼쳤다.

거기에 있던 건…… 그녀의 마음이었다.

'도오루, 언제나 함께 있어 줘서 고마워.'

확실히 나쓰의 글씨였다.

약간 둥그스름한 그녀의 필체로, 정성스럽게 쓰여 있었다.

그것도 한두 장이 아니었다.

찾기 시작하자, 편지지는 꼬리에 꼬리를 물고 발견되었다.

'도오루와 함께 있을 수 있는 매일이 너무 즐거워. 이런 매일이 계속계속 이어졌으면 좋겠는데.'

'가마쿠라 불꽃놀이 날, 멋졌어. 불꽃놀이도 그랬지만……

그, 조금 두근거려 버렸습니다.'

'도오루가 끓여 주는 커피가 좋아요.'

'도오루는 언제나 아빠랑 엄마랑 사이좋게 지내 줘서, 기뻐.'

'요 전에는 설거지 도와줘서 고마웠어.'

'항상 주위를 신경 써 주는 도오루가 너무 좋아요.'

책장 사이, 찬장 틈새, 옷장에 있는 옷 주머니 속, 장롱 서랍 안쪽. 방 안의 여러 곳에, 평상시의 감사의 마음을 정리해 둔 편지지가 끼어 있었다.

——아아, 그렇구나, 그때 나쓰가 뭔가를 하고 있던 게 이것이었구나.

언젠가 니시나와 한잔한 날 밤에, 나쓰에게서 느꼈던 위화감.

그건 이것들을…… 이 몇 장이나 되는 그녀의 마음을, 몰래 숨기고 있었기 때문이다.

나쓰는 이런 장난을 좋아했다.

분명 나중에 이것들을 발견한 나를 보고, 조금 쑥스러워하면서도 자랑스럽게 내막을 밝힐 생각이었음에 틀림없다.

참을 수 없었다.

남겨진 말끝마다 나쓰의 생각이 넘쳐흘러, 어쩔 수 없게 되었다.

그리고 마지막으로 발견한 그 한 장에, 내 몸이 떨려 왔다.

'혹시 나에게 무슨 일이 있어도…… 도오루는, 살아 줘.'

왜 그녀는 이 한 문장을 썼을까?

자신이 이렇게 될 것을 예상했던 것일까, 그렇지 않으면 우연일까.

어느 쪽이든 상관없다.

가슴속 깊은 곳에서 감정이 솟아올라, 멈추지 않았다. 만나고 싶다. 나쓰를 만나고 싶다.

하지만 아무리 소리를 질러도, 내가 기다리는 그녀는 나타나 주지 않는다.

방 안에는 그저 정적과 어둠만이 있었다.

눈물은 나오지 않았다.

울어 버리면, 모든 것을 인정해 버리는 것 같았다.

그녀가 이제 없다는 것. 나를 감싸고 죽어 버린 것. 두 번 다시 그녀를 만날 수 없다는 것.

"으……으아아아아아아아아아아……!"

단지 내가 할 수 있는 일은, 그녀의 마음 조각을 움켜쥐고, 짐승처럼 울부짖는 것뿐이었다.

❅❅

✳✳✳

저런 생각은, 두 번 다시 하고 싶지 않아.

몸이 찢어지고, 마음이 잡아 뜯기는 것 같은 생각은, 이제 두 번 다시는.

그러니까.

이번에야말로, 나는 그녀를 지켜야만 한다.

그것이 내 '소원'이다.

이날 이때를 위해서, 나는 나쓰와의 시간을 다시 한번 시작한 것이니까.

✳✳✳

9

✳✳✳

비틀거리듯 움직이는 차가 눈에 들어왔다.

마치 술주정뱅이가 운전이라도 하는 것처럼 좌우로 이리저리 흔들리면서, 주위의 차에서 경적을 울리고 있음에도 이쪽으로 다가오고 있다. 그때와 같다. 만약을 위해 돌아오는 길을 그때와는 다른 길을 골랐지만, 그 정도로는 운명이라는 걸 바꿀 수 없는 것 같다.

하지만 그 정도는 각오하고 있었다.

그녀가 나를 감싸리라는 것은 알고 있다.

저 차가 이쪽을 향해 돌진해 오는 것도 알고 있다.

그렇다면…… 그 전에, 안전한 장소까지 그녀를 대피시키면 될 뿐이다.

이때의 일을, 몇 번이고 몇 번이고 꿈에서 보았다.

악몽처럼 파고드는 차, 나를 감싸는 나쓰, 코를 찌르는 휘발유 냄새. 그리고…… 마치 거짓말처럼 붉은 피 웅덩이 속에 쓰러져 있는 나쓰의 모습.

그때의 비극을 피하는 것을 '소원'으로써…… 나는 이렇게 나쓰와의 만남을 다시 한번 시작했다.

그것을 이룰 때가, 드디어 왔다고 느끼고 있었다.

나쓰.

둘도 없는, 내가 사랑하는 사람.

다시는 잃고 싶지 않은 소중한 존재.

여러 가지 추억이 되살아난다.

둘이서 보물찾기를 한 것.

유이가하마에서 고백하고 사귀게 된 것.

함께 살게 되고, 처음으로 싸웠을 때의 일.

불꽃놀이에서 나란히 하늘을 올려다본 것.

여행지에서 서로의 마음이 통했던 것.

그리고 둘이서…… '7월의 눈'을 본 것.

그 모든 것이, 그 무엇과도 바꿀 수 없는 보물이다.

그 보물을 지키기 위해서라면, 앞으로도 나쓰와의 장래를 이어 나가기 위해서라면, 나는 몇 번을 반복하더라도 반드시 그녀를 지켜낼 것이다.

그러니까.

부디 우리에게── 둘이 웃을 수 있는 미래를 붙잡게 해 줘……!

그 모든 마음을 모두 담아, 나는 나쓰의 오른팔을 강하게 붙잡았다.

"나쓰!"

"어……?"

나쓰의 팔을 잡아당겨, 도로에서 떨어진 탁 트인 공간까지 억지로 끌어당긴다. 내 팔 안에 나쓰의 작은 몸이 들어온다. 그 기세가 남아, 우리 둘은 땅바닥에 굴렀다.

직후에 우리가 그때까지 있던 장소로, 차가 맹렬한 속도로 들이닥쳤다. 원래대로라면 우리를 휩쓸리게 하며 멈추었을 터인 차는, 그 기운이 남은 채 그대로 인도의 가로수를 들이

받았고, 반동으로 도로에 옆으로 굴렀다. 유리창은 깨지고 검은 차체는 크게 찌그러져 있다. 운전석을 들여다보니 운전자는 의식을 잃은 것 같았지만, 적어도 살아 있기는 한 것 같다.

"아……."

옆에서 나쓰가 조그맣게 소리를 냈다.

나쓰는 한 군데도 다치지 않았다. 땅에 구르는 바람에 옷은 더러워졌지만, 무사하다. 사고 자체는 일어나 버렸지만, 최악의 미래는 피할 수 있었다. 나쓰를 구할 수 있었다.

내 '소원'은…… 이루어진 것이다.

"……됐……어……."

무심코 말이 입에서 나온다.

온몸에서 단번에 힘이 빠졌다. 넋이 나간 듯, 그 자리에 주저앉아 버렸다. 스스로도 한심하다. 하지만 해야 할 일을 달성해 냈다는 안도감으로 가슴속은 가득 채워져 있었다. 해낼 수 있었다. 나쓰와의 미래를 지킬 수 있었다……!

"나쓰……!"

이 손으로 지켜 낸 것을 확인하기, 위해 둘도 없는 사람의 이름을 부른다.

"……."

"……?"

왜일까.

나쓰는 파랗게 질린 얼굴을 하고 있었다. 거의 창백하다고 할 정도였다.

처음에는 갑작스러운 눈앞에서의 사고에 놀란 것이라고 생각했다. 차가 우리가 있던 곳에 들이닥친 것에 대해 아연실색한 것이라고.

그런데 그게 아니었다.

비틀거리며 나에게서 멀어지더니, 필사적인 표정으로 나쓰는 말했다.

"……왜……"

"?"

"왜 나를 구한 거야……!"

"어……?"

그건, 생각하지도 못했던 대사였다.

"이러면 안 돼…… 안 돼……! 모처럼…… 모처럼, '소원'을 빌고 다시 시작했는데! 나를 구하고 도오루가 죽게 되던 운명을, 바꿀 수 있었다고 생각했는데……! 도오루만 살아남으면 돼! 비록 내가 어떻게 되더라도, 소중한 도오루의 미래만 남길 수 있다면 좋았는데……."

나쓰가 무슨 말을 하는지, 잘 모르겠다.

다시 시작한다……? 운명을 바꾼다……?

다만, 내가 뭔가 실수를 해 버렸다는 건 알았다.

시야의 가장자리에 커다란 검은 그림자가 보였다

트럭이었다. 도로에 굴러 버린 차를 피하려던 트럭이 제어력을 잃고, 곧장 나를 향해 돌진해 온다. 마치 무언가에 이끌리는 것처럼.

직감적으로 이해했다.

──아아, 그렇구나, '소원'이란 것에는 대가가 따르는 법이구나.

아무런 대가를 치르지 않고 그저 소원만 이루어 주다니, 그런 팔자 좋은 이야기가 세상에 있을 리가 없다.

인어 이야기를 떠올렸다. 그 이야기에서 어부는 상처를 입지 않고 끝났지만, 대신 재목에 깔린 배는 어부 동생의 배였고, 동생은 그때부터 고기잡이를 못 하게 되어 힘든 여생을 보냈다고 한다.

즉, 그런 것이다.

나쓰의 생명을 구하겠다는 '소원'. 그렇다면, 거기에 어울릴 만한 대가는──

"……."

아아, 그래도 이걸로 좋은 것으로 하자.

나쓰는, 구할 수 있었다.

앞으로 함께 걸어갈 수는 없게 되었을지도 모르지만, 그녀의 미래만은 지킬 수 있었다. '소원'을 이룰 수 있었다. 그것으로, 충분하다.

"도오루……!"

나쓰가 큰 소리로 외치며 나를 감싸려고 달려오지만, 운 좋게도 이미 늦었다.

만족스러운 기분으로 눈을 감고, 다가오는 죽음의 운명을 받아들이려 한다.

그때, 시야 구석에 새하얀 무언가가 보인 것 같았다.

❋❋❋

막간 ② 엮어 내는 여름

❄❄❄❄

그때가 왔다고, 느끼고 있었다.

알고 있던 것과 같은 시간과 장소에서 일어난 교통사고.

시선 끝에는 옆으로 구른 차와 그 옆에서 진지한 표정으로 무언가를 이야기하는 두 사람의 모습이 있다. ……그리고, 그곳으로 향하는 트럭의 그림자도.

오른발을 질질 끌며 달리기 시작한다.

이날, 이때 그 사람을 돕기 위해, 나는 '소원'을 빌었다.

미즈하라 가문은 인어의 가계라고 한다.

거짓말인지 사실인지는 모르겠지만, 민화에 나오는 인어가 어부와 맺어져 그대로 이어져 온 집이라고. 엄마가 옛날에, 엄마의 할머니에게 그렇게 들었다고 말했었다. 그렇다면 나의 '소원'은…… 틀림없이 푸른 바다 건너에 있는 인어에게 도달할 것이다.

수많은 여름을 돌았다.

수많은 여름을 엮어 냈다.

그때까지 알 수 없었던, 그 사람들의 옛 모습을 볼 수 있었다.

여름이 좋았다.

자신의 이름으로 쓰이고 있기도 해서, 일 년 중 가장 고대하던 계절이었다. 푸른 하늘, 쏟아지는 눈부신 태양빛, 밤의 부드러운 공기. 하지만 언제나, 무언가가 부족하다고 느끼고 있었다.

그렇기 때문에, 나는 달린다.

미래를 지키기 위해서.

온 가족이 웃을 수 있는── 새로운 여름을 위해.

나는 소리쳤다.

"──……빠……!"

❅❅❅❅

❅❅❅❅

다가오는 죽음을 각오하고 눈을 감았던 그때였다.

어둠 속에서, 무언가가 들린 것 같았다.

그건 따뜻하고, 그립고, 어디선가 나를 부르는 소리.

"──……빠……!"

외치는 소리와 함께, 몸이 갑자기 무언가에 부딪혀 튕겨 나갔다.

의식이 어둠 속에서 떠오른다.

그것은 무척 가벼운 것이었지만, 내 몸을 트럭의 진로에서 벗어나게 하기에는 충분한 충격이었다.

무슨 일이 일어났는지, 바로 이해할 수 없었다.

슬로모션처럼 보이는 시야 속에 비친 것은, 그 새하얀 여자아이였다.

여자아이의 얼굴이 보였다.

여자아이는 웃고 있었다.

흐뭇한 미소였다.

그 표정은 나쓰와.

그리고.

어렸을 때 도움을 받은—— 인어의 것과 비슷했다.

❀❀❀❀

에필로그

✳✳✳✳

문득 눈을 뜨니, 꽤 시간이 흘러 있었다.

주변은 캄캄해졌고, 조금 전까지만 해도 마치 동화처럼 푸르게 빛나고 있던 바다도, 이제는 완전히 안정을 되찾았다.

중요한 용무 때문에, 나는 고등학교 3학년부터 대학 졸업까지 5년을 보낸 이 가마쿠라 거리에 돌아와 있었다. 조금 시간이 있었기 때문에 추억이 있는 유이가하마를 방문했더니, 무심코 모래사장에서 졸음에 빠져 버린 것 같았다.

왠지 몹시도 긴 꿈을 꾸고 있었던 것 같다.

꿈속에서, 나는 지난 여름을 반복하고 있었다. 나쓰와 만나고, 사랑을 하고, 그리고 서로 마음이 통했었다. 잠들어 있던 시간은 잠깐이었지만, 꿈속에서는 몇 년이나 세월을 보내고 있었던 것 같다. 한단지몽이라고 했던가. 사람은 꿈속에서, 한평생 이상의 체험을 할 수도 있다고 한다. 내가 꿈에서 보던 것도 그런 부류였을까.

그때, 주머니에서 스마트폰이 진동했다.

금눈돔을 쓴 캐릭터의 스트랩이 달린 스마트폰을 황급히 꺼낸다.

병원에서였다.

"여보세요…… 저, 정말인가요? 네, 바로 가겠습니다……!"

그 소식은, 내가 이 거리로 돌아온 이유라고도 할 수 있는 것이었다.

황급히 국도에서 택시를 잡고, 나는 병원으로 향했다.

고지대에 있는 병원에는, 시게유키 씨와 나나코 씨가 기다리고 있었다. 내 모습을 보더니 크게 손을 흔들며 이름을 부른다.

"죄송합니다, 늦어서……!"

"괜찮아, 이제부터니까."

어깨로 숨 쉬는 나를 나나코 씨가 진정시켜 준다. 시게유키 씨도 나를 보고 말없이 고개를 끄덕였다.

간호사의 안내를 받아 병원 안을 빠르게 서둘렀다.

그 앞에 있던 곳은—— 분만실.

안에서는 나쓰가, 이마에 굵은 땀방울을 흘리며 침대 위에 누워 있었다.

"나쓰……."

"괜찮아……. 걱정하지 마."

"하지만……."

"기다려……. 꼭 건강한 아기를 낳아 보일 테니까."

그렇게 말하며 빙그레 웃는다. 그런 나쓰의 손을 꼭 잡아
주고, 나는 병실 밖으로 나왔다.

그렇다.

이제부터…… 나쓰와 나의, 아이가 태어나는 것이다.

그때—— 트럭에 치일 뻔했던 나는, 가까스로 구원받았다.

도와준 것은 새하얀 여자아이였다.

어떻게 그 아이가 그 장소에 있었는지, 어떻게 그 타이밍
에 뛰쳐나올 수 있었는지는 모르겠다. 하지만 나를 구해준
건, 확실히 그 인어 같은 여자아이였다.

"왜, 네가……."

나를 밀쳐 냈을 때 트럭에 스친 듯, 그녀는 다리에서 피를
흘리고 있었다.

"괜찮아요. 저는 이렇게 하기 위해 '소원'을 빌었으니까요."

"어……?"

"이 다리는, 이렇게 되기로 정해져 있었어요. 제가 태어나
기 전부터. 그게, '소원'이 이루어지는 약속이었어요."

무슨 말을 하는지 모르겠다.

생각해 보면, 이 아이와의 대화는 처음부터 그랬다.

하지만, 어딘가 통하는 데가 있다. 그런 불가사의한 느낌이 든다.

"저기, 너는······."

"······."

"······어?"

정신을 차리고 보니, 여자아이의 모습이 보이지 않았다. 분명히 지금까지 여기 있었을 텐데. 부상까지 당해서 그냥 둘 수도 없어서, 주변을 찾아다녔는데도 결국 끝내 찾지 못했다. 마치 인어가 바다로 돌아가 버린 것처럼.

그 아이가 나를 구해 줄 때 외친 말이, 마음에 걸렸다. 다가오는 트럭 소리에 잘 들리지 않았지만, 그때 그 아이가 외쳤던 것은 분명······

"그럴 리, 가 없겠지······."

그건 있을 수 없는 일이다.

하지만 세상에 있을 수 없는 일 따위는 없다는 것도, 나는 잘 알고 있었다. 그래, '7월의 눈'처럼.

아무튼······ 우리는 살았다.

나쓰도 나도, 옷이 조금 더러워졌을 뿐, 그 외에는 찰과상 하나 입지 않았다.

그때부터 얼마 지나지 않아, 우리는 혼인신고를 했다.

나쓰에게…… 아이가 생겼다는 것을 알았기 때문이다.

바로 시게유키 씨와 나나코 씨에게 보고를 하러 갔다. 얻어맞을 것 정도는 각오를 하고 있었다. 하지만 두 사람 다 온화한 얼굴로 그 사실을 받아들여 주었다.

"남자아이일까 여자아이일까. 나도 할머니가 된다니, 신기하네."

"……나쓰를, 행복하게 해 다오."

거꾸로 고개를 숙이며 그렇게 말했다.

너무도 시원스러워서, 오히려 불안해졌다. 나 같은 녀석에게 딸과 그 아이를 맡기는 것이 걱정 되지 않느냐고, 그렇게 되물었더니 이렇게 말했다.

"걱정 같은 건 요만큼도 안 했어. 도오루 군에 대해서는 잘 알고 있고, 후후, 제멋대로이지만, 그쪽에 대해서는 아들처럼 생각하고 있으니까. 그렇지, 여보?"

"……음, 그래."

뜻밖에, 울어 버렸다.

두 사람의 따뜻함이, 이런 나를 '아들'로 받아들여 준 것이 무엇보다 가슴에 와 닿았다. 처음으로 누군가의 '가족'으로 대우받은 것이, 정말 기뻤다.

목이 메어 아무것도 대답하지 못하는 나에게, 두 사람은 부드럽게 어깨에 손을 얹어 주었다. 그 손에서 전해지는 온기가 스며드는 것 같았다.

결혼식은, 내가 대학을 졸업하기를 기다려서 열렸다.

집안 사람과 친한 친구들만의, 간소한 것이었다.

시게유키 씨와 나나코 씨와 미즈하라 집안의 가까운 친척. 거기에 고등학교 시절의 반 친구들 몇 명. 당연히 니시나도 참석해서, "이야, 잘됐다, 잘됐어. 그래, 괜찮으면 내가 아이의 이름을 지어줄까? 요즘 유행하는 인어공주, 아리엘은 어때?"라고 정색을 하며 말했다. 물론 정중히 거절했다.

결혼식에는…… 아버지도 불렀다.

변함없이 나에게는 관심이 없는 듯해서 와 준 것 자체가 의외였지만, 나쓰의 배 속에 아이가 있다는 것을 알았을 때에는, 약간이지만 눈썹이 움직이는 것이 보였던 것만은 기억하고 있다.

앞으로 우리 관계가 어떻게 될지는 모르겠다.

어쩌면 바뀔 수 있을지도 모르고, 아무것도 바뀌지 않을지도 모른다.

하지만 그 결과가 어떻든, 그것을 평생 받아들일 각오는 되어 있었다.

내가 그렇게 생각하게 해준 것은, 바로 아내인 나쓰 덕분이다.

언제였는지, 나쓰와 그 사고에 대해 이야기한 적이 있다.

"나…… 그때, 아주 긴 꿈을 꾸고 있었던 것 같아."

"꿈?"

"응. 자동차 사고가 나서, 도오루가 나를 감싸고…… 죽어 버렸어. 그것을 견딜 수 없었던 나는, '인어의 해변'에서 '소원'을 빌고, 시간을 거슬러 올라가. 도오루를 구하기 위해서. 하지만 도오루는 역시 나를 감싸 버려서…… 하는 꿈."

"……."

나쓰에게서 그 이야기를 듣고, 떠오른 것이 있다.

예를 들어, 몇 개의 평행 세계가 존재한다고 하자.

시작은, 내가 나쓰를 감싸고 죽는 것부터. 거기서부터일 것이다.

내 죽음을 견디지 못한 나쓰가, 자신의 '소원'에 의해 과거로 돌아가고, 나를 죽게 하지 않기 위해 나쓰가 나를 감싸고 죽는 세계.

그 결말을 견디지 못하고, 또 다른 내 '소원'으로 인해, 내가 나쓰를 감싸고 죽는 세계.

그리고 또 그걸 받아들이지 못하고, 나쓰가 나를 감싸고 죽는 세계.

그 평행 세계는, 닫힌 고리 안에서 계속 돌아가는 것일까. 마음과 '소원'을 내포한 채, 결코 미래로 나아갈 수 없는 운명 속에서, 영원히 세계를 계속 만드는 것일까.

니시나도 아니고, 진실은 나도 모르겠다.

하지만 그런 것이었다면, 그 여자아이는 누구였을까?

닫히려고 했던 고리를 열어 준 여자아이.

우리 두 사람을 구해 주고, 그대로 사라져 버렸던, 어딘가 그리운 모습의 그 인어 같은 여자아이는.

"그때 그 여자아이…… 나도, 어딘가 그리운 느낌이 들었어."

나쓰가 눈을 가늘게 뜨며 말했다.

"어디선가 만났던 것 같은, 어디선가 앞으로 만날 것 같은, 그런 불가사의한 감각. 어째서일까, 처음 만난 것이었을 텐데……."

"모르겠어. 그런데 나도, 똑같이 생각했어."

"그렇지, 뭐라고 할까……."

거기서 나쓰는 한 번 말을 끊었다.

그리고 내 얼굴을 보고는, 약간 장난스럽게 웃더니 이렇게 말했다.

"왠지 조금 도오루를 닮은 것 같아서."

"나를?"

"응. 겉모습도 그렇지만, 말할 때 약간 고개를 숙이는 것이나, 약간 퉁명스러운 것이나. ……그리고, 굉장히 상냥한 눈을 하고 있던 것이라든가."

"그래서, 뭔가 그리운 분위기를 느꼈을까? 내가 정말 좋아하는 사람을 닮아서."

싱긋 웃었다.

그 말에, 나는 이제 그냥 말없이 백기를 들 수밖에 없었다.

분만실에서 큰 울음소리가 들려와, 나는 정신을 차렸다.

간호사의 부름을 받고, 안으로 들어간다.

"3,527그램. 건강한 여자아이예요."

풍채 좋은 간호사의 품에 안겨, 아기는 씩씩하게 울음을 터뜨리고 있었다.

휴우, 하고 한숨이 나왔다.

그 모습이 빛나 보였다.

눈앞에 있는 작은 생명의 빛이, 마치 기적처럼 보였다.

아니, 다르다.

이 아이는 '소원'이다.

나의, 나쓰의, 여러 사람들의 '소원'의 결정으로서, 이 세계에 와 준 소중한 존재.

팔로 내 아이를 안았다.

작고 작은 그 몸은 너무 가벼워서, 방심하면 그대로 날개가 돋아 날아가 버릴 것만 같았다.

"나쓰…… 고마워."

"아니야, 그것보다, 이름을 불러 줘."

이름은 이미 사전에 나쓰와 상의해서 정해 두었다.

"가오리."

여름을 엮는다는 뜻으로, 가오리다.

많은 일들이 있었던 여름.

그런 추억이 있는 계절이기에, 그 울림을 나눠주고 싶었다. 물론, 나쓰의 이름에서 한 글자 따왔다는 의미도 있다.

"가오리."

갓 태어난 작은 생명을 부른다.

그에 화답하듯, 딸은, 가오리는, 내 손가락을 꼬옥 잡았다.

따뜻하고 부드러우며, 서서히 스며드는 듯 전해져 오는 그 감촉.

마치, 여름이 이 손안에 있는 것 같다.

이 작은 여름을, 무슨 일이 있어도 지켜 나가기로 마음먹었다.

단지…… 나중에 알게 된 사실이 하나 있다.

태어난 아이는, 오른쪽 다리가 조금 불편했다. 선천적인 것이어서 이유는 알 수 없다고 의사는 말했다. 단지, 불치인 것이 아니라, 성장하면서 조금씩 나아질 것이라고 했다. 그 말만이 구원처럼 느껴졌다.

　내 팔 안에서 가오리는 새근새근 숨소리를 내고 있었다.
　조금 전까지 불이라도 붙은 것처럼 울고 있었는데, 신기하다. 그것을 나쓰가 다정한 눈으로 바라보고 있다.
　언젠가 이 아이도 커서 고민할 때가 올지도 모른다.
　뭔가 큰 어려움에 부딪혀, 세상에는 스스로는 어쩔 수 없는 일이, 있을 수 없는 일이 존재하는 것이라고, 의욕을 잃을 날이 찾아올지도 모른다.
　그때는, 이 아이한테도 보여 줘야겠다.
　여름이 보여 줘서, 내가 감동받았던, 그 광경을.
　'7월의 눈'을.

　"──언젠가 너에게, '7월의 눈'을 보여 줄게."

　내 손을 잡은 작은 손을 감싸 안고, 나는 그렇게 다짐했다.

✳✳✳✳

그러고 보니, '인어의 해변' 전설에 대해 엄마에게 들은 것은 언제였을까.

엄마는 이 이야기를 좋아하셔서, 어렸을 때부터 몇 번이고 몇 번이고 이야기하고 들려 주셨으니, 처음이 언제였는지는 기억나지 않는다.

'소원'이 이루어지는 푸른 바다와 인어 이야기.

하지만 그 말을 들었을 때, 내 마음은 결정되었다.

나의 '소원'은 정해져 있었다.

아빠를 구하고 싶었다.

아빠에 대해 알고 싶었다. 알고, 구해 주고 싶었다.

나는 아빠를 모른다.

사진이나 동영상으로는 본 적이 있지만, 실제로는 만난 적이 없다. 내가 태어나기 전에, 사고로 돌아가셨기 때문이다.

그래서 알고 싶었다.

어떻게 엄마를 만나고, 좋아하게 되고, 그게 사랑으로 바뀌고, 그리고 어떻게 내가 태어났는지를.

두 사람이 어떤 마음으로…… '7월의 눈'을 보았는지를.

내 '소원'은, 엄마가 소원을 빌고, 하지만 그것은 아빠의 '소원'에 의해 다시 바뀌고, 마음과 '소원'이 계속 돌아가게 된, 이 운명을 매듭짓는 것. 고리가 닫히지 않도록 새로운 가능성을 만들어 내는 것. 니시나 아저씨에게 이야기를 했더니, 그것은 평행 세계의 수렴을 의미하고 있어서…… 같은 말을 하고 있었지만, 솔직히 그것에 대해서는 이해하지 못했다.

'인어의 해변'의 전설은 사실이었다.

푸른 밤.

바다가 마치 동화 속 세계처럼 푸른빛으로 뒤덮인 그날 밤, 내 '소원'은 전해졌다.

——제발 아빠를 만나게 해 주세요. 아빠에 대해 알고 싶고, 아빠를 구하게 해 주세요.

정신을 차리고 보니, 나는 내가 태어나는 것보다 훨씬훨씬 옛날에 있었다. 처음에는, 어렸을 때의 아빠와 만났다. 물에 빠져 잠길 뻔한 순간에, 아빠를 구할 수 있었다. 다리는 불편했지만, 수영만은 잘했으니까. 다시 여름은 반복되었다. 그곳에서는 고등학생인 아빠나 엄마가 평범하게 생활하고 있었다. 두 사람이 만나고, 사랑하게 되고, 마음이 서로 통하는 것을 멀리서 바라보았다. 너무 접촉하는 것은 좋지 않다고 생각해서, 아빠, 엄마와 직접 이야기하는 것은 자제

했다. 타임 패러독스?인가 하는 이야기를 니시나 아저씨한테 들었기 때문이다. 그래도 가끔은 참을 수 없어서 아빠랑 이야기해 버린 적도 있었지만.

원래는…… 아빠가 죽을 운명이었다고 한다. 사고가 났을 때, 순간적으로 엄마를 밀쳐 낸 아빠는, 차를 피할 수 없었다. 엄마를 살리고 아빠는 돌아가셨다. 하지만 엄마는, 그 결과를 견딜 수 없었다.

그래서 '소원'을 빌었다.

아빠를 구하기 위해, 아빠와 보낸 여름을 다시 반복했다. 하지만 '소원'에는 대가가 필요했다. 아빠를 구한 대신, 이번에는 엄마가 목숨을 잃었다.

그 현실을, 아빠 또한 견디지 못했다. 엄마가 없는 미래를 거부하고, '소원'을 빌었다. 그리고 그 결과, 엄마는 살아났지만, 다시 아빠가 목숨을 잃었다.

두 사람에게, 서로는 다른 누구보다도 소중한 존재였다고 생각한다. 그래, 그야말로 자기 자신보다도.

그래서 그렇게 두 사람의 '소원'이 반복되었고, 비극을 반복하는 것 같았다.

언제까지나 여름이 반복될 것만 같았다.

하지만 그렇게 되지는 않았다.

내가── 태어났다.

'소원'의 결과로, 원래대로라면 이 세상에 생명을 얻지 못했을 내가, 생명을 얻었다.

그렇다면 내가 '소원'을 비는 것은, 필연이었다고 생각한다.

사고가 난 장소와 시간은 엄마한테 들었기 때문에, 그 자리에 때맞춰 가 있는 건 가능할 것 같았다. 그리고, 아빠를 구하는 것도.

하지만 그때, 반드시 나는 오른쪽 다리에 큰 상처를 입을 것이다.

태어날 때부터 불편한 오른쪽 다리. 그것은 인과를 선점한, '소원'이 이루어지는 것의 대가이다.

이 정도로 끝난다면, 얼마든지 받아들여 주겠다.

아빠의 생명에 대한 대가가, 내 오른쪽 다리 정도로 치러질 수 있다면.

이건 약속의 상처다.

내가 아빠를 구할 수 있는, 확실한 증거이다.

그렇게 믿고, 나는 지금부터 그 장소로 향한다.

아빠와, 엄마가, 예전에 서로를 구했던 그 장소로.

언젠가 '7월의 눈'을—— 온 가족이 함께 보기 위해서.

후기

처음 뵙겠습니다, 또는 안녕하세요. 이가라시 유사쿠입니다.

『언젠가 너에게 7월의 눈을 보여 줄게』를 읽어 주셔서 감사합니다.

이번에는 소원 이야기입니다. 한 쌍의 남녀가 서로 각자의 소원을 빌고 여름을 보내는 이야기로, 7월의 가마쿠라가 무대입니다. 미디어윅스문고에서는 왠지 여름 이야기만 쓰고 있는 것 같기도 합니다만, 개인적으로 여름을 좋아합니다. 더운 것은 그렇게까지 잘 견디지는 못하지만, 여름이 가진 그 독특한 분위기…… 공기의 윤곽이 어딘지 뚜렷한 것 같은, 그런 공기가 왠지 너무 좋습니다. 해수욕, 여름 축제, 바다낚시 등, 이벤트가 많은 것도 마음에 듭니다.

그런 여름이라는 계절 가운데의, 조금은 불가사의한 소원 이야기. 제목에도 나와 있듯이, '7월의 눈'이라는 말이 키워 드입니다. 조금이라도 즐기셨다면 기쁘겠습니다.

다음은 감사의 말입니다.

담당 편집자 와다 님, 미키 님, 히라이 님. 언제나 감사합니다.

일러스트를 담당해 주신 sime 님. 전작 『7일간의 유령, 8일째의 그녀』에 이어, 멋진 일러스트에 감사합니다. 투명감 있는 일러스트가 너무 좋아 언제까지라도 보고 있고 싶습니다.

그리고 무엇보다도, 이 책을 손에 들어주신 독자 여러분께 최대한의 감사를 드립니다.

그럼 다음에 또 뵐 수 있기를 바라며——

2017년 9월 이가라시 유사쿠

언젠가 너에게 7월의 눈을 보여 줄게

2023년 6월 15일 1판 1쇄 인쇄
2023년 6월 22일 1판 1쇄 발행

지 은 이   이가라시 유사쿠
일 러 스 트   sime
옮 긴 이   김윤영
발 행 인   유재옥
본 부 장   조병권
편 집 1 팀   김준균 김혜연
편 집 2 팀   정영길 조찬희 박치우 정지원
편 집 3 팀   오준영 이해빈
편 집 4 팀   전태영 박소연
디 자 인   이가민
라 이 츠   김정미 맹미영 이윤서
디 지 털   박상섭 김지연
발 행 처   (주)소미미디어
등   록   제2015-000008호
주   소   서울시 마포구 토정로 222, 403호(신수동, 한국출판콘텐츠센터)
판   매   (주)소미미디어
제 작 처   코리아피앤피
영   업   박종욱
마 케 팅   한민지 최원석 박수진 최정연
물   류   허석용 백철기
전   화   편집부 (070)4253-9250, (070)4164-3960 기획실 (02)567-3388
          판매 및 마케팅 (070)4165-6888, Fax (02)322-7665

ISBN 979-11-384-7901-1 03830